甄选集

不拖延哪有那么难

《意林》图书部　编

吉林摄影出版社
·长春·

图书在版编目（C I P）数据

不拖延哪有那么难 /《意林》图书部编. — 长春 : 吉林摄影出版社, 2023.10
（意林励志甄选）
ISBN 978-7-5498-5981-8

Ⅰ. ①不… Ⅱ. ①意… Ⅲ. ①故事—作品集—中国—当代 Ⅳ. ①I247.81

中国国家版本馆CIP数据核字(2023)第178797号

不拖延哪有那么难 BU TUOYAN NAYOU NAME NAN

出版人 车 强
主 编 杜普洲
责任编辑 王维夏
总策划 徐 晶
策划编辑 肖桂香
封面设计 资 源
美术编辑 刘海燕
开 本 787mm×1092mm 1/16
字 数 180千字
印 张 8
版 次 2023年10月第1版
印 次 2023年10月第1次印刷

出 版 吉林摄影出版社
发 行 吉林摄影出版社
地 址 长春市净月高新技术开发区福祉大路5788号
邮 编：130118
电 话 总编办：0431-81629821
发行科：0431-81629829
网 址 www.jlsycbs.net
经 销 全国各地新华书店
印 刷 天津科创新彩印刷有限公司

书 号 ISBN 978-7-5498-5981-8 定价 25.00元

启 事

本书编选时参阅了部分报刊和著作，我们未能与部分作品的文字作者、漫画作者以及插画作者取得联系，在此深表歉意。请各位作者见到本书后及时与我们联系，以便按国家相关规定支付稿酬及赠送样书。

地址：北京市朝阳区南磨房路37号华腾北搪商务大厦1501室《意林》图书部（100022）

电话：010-51908630转8013

C O N T E N T S

目 录

改变观念，别让自己忙在碌碌无为上

C O N T E N T S

目 录

时间管理，充分利用一年的 8760 小时

C O N T E N T S

目 录

克服拖延，重塑习惯升级人生

C O N T E N T S

目 录

心态对了，生活就顺了

改变观念，别让自己忙在碌碌无为上

甄语录 真正优秀的人，都在做自己擅长的事。

别跟自己的弱点较劲

□郝金红

表妹是个沉默内向的女孩。大学毕业后，表妹开始找工作。她本来学的是财会专业，做财会工作也适合她细致沉稳的性格。但看周围很多人都在推销保险，表妹有些沉不住气了，跃跃欲试。她满怀信心地对我说："我就是想挑战自己，我知道自己不善言辞，卖保险要跟更多的人打交道。我这样做，就是为了锻炼自己，我不信我做不好。书上说古希腊有个演说家，小时候口吃，后来他嘴里含着石子锻炼，终于成为了不起的演说家。我一不口吃，二不笨，怎么会做不好呢？"

我以为，表妹经过一段时间的锻炼，一定可以战胜自己的弱点，为自己的人生赢得第一声喝彩。谁知我再见到表妹时，还没来得及问她目前的情况，她就"哇"地哭了起来。原来，表妹卖保险时遇到了太多的困难和尴尬。虽然她做了不少准备，但经常会遭到冷漠的拒绝，有时甚至会遭到讥讽。尝试了一段时间，她不仅没有丝毫进步，自信心反而被严重挫伤。她沮丧地对我说："我觉得自己真是太糟糕了，笨嘴笨舌，什么都做不好！"

平时大家总在说，要挑战自我，赢得更精彩的人生。其实，很多时候人生不是用来挑战的，而是用来妥善对待的。跟自己的弱点较劲，与生活拧巴着，却弄得狼狈不堪，最终可能不但没有战胜自己，反而落得丢盔弃甲。有人说，你不试试怎么知道你的潜力有多大？不过你的弱点你自己应该最清楚，拿自己的弱点去跟现实对抗，无异于以卵击石。

所以，人生最有智慧的做法不是打着"挑战自我"的旗号跟自己的弱点较劲，而是善于规避弱点，把长处发挥出来。每个人的天赋都不同，只要最大限度地发挥自己的长处，就可以取得成功，完全没必要拿自己的短处去跟别人的长处较量。

我把这些道理讲给表妹，不久，表妹找到了一份在私企做财务管理的工作。她做了半年多，没有出丝毫纰漏，领导很满意。表妹很快在单位站住了脚，这份工作也让她颇有成就感。她喜滋滋地说："看来，只有扬长避短才能成为赢家！"

甄语录 愿你我忙有所值，闲有所趣，爱有所依。

做人，要会控制“闲”度

□张宝峰

人不能太闲。

一旦太闲，就容易想得太多，先是前思后想，接着左思右想，最后胡思乱想。别人也许一句无心的话，闲人听了就要浮想联翩，对号入座。

《西游记》中，孙悟空之所以大闹天宫，某种程度上，是因为闲。

刚当弼马温时，老孙其实很喜欢这份工作，算得上兢兢业业，把那些天马养得肉肥膘满。谁知半个多月后，悟空闲了下来，这一闲，他就琢磨起自己官品的大小来，一听说弼马温最低最小“未入流”，就挥起金箍棒，打出了御马监。

后来，孙悟空被封为齐天大圣，整日里东游西逛，无所事事。

许旌阳真人怕他“人闲是非多”，就在早朝时，启奏玉帝：“今有齐天大圣日日无事闲游，结交天上众星宿，不论高低，俱称朋友。恐后闲中生事。不若与他一件事管，庶免别生事端。”玉帝一听，觉得有道理，宣悟空上殿：“朕见你身闲无事，与你件执事。你且权管那蟠桃园，早晚好生在意。”

可玉帝忘了，管理蟠桃园仍是个闲差：施肥浇水等具体工作，也是由锄树力士、运水力士、修桃力士、打扫力士来完成，齐天大圣依然很悠闲，加上蟠桃鲜美，欲望又多，自然引发了后来的偷蟠桃、盗仙丹、闹天宫的诸多是非来。

《菜根谭》里说：“人生太闲，则别念窃生；太忙，则真性不见。故士君子不可不抱身心之忧，亦不可不耽风月之趣。”

人不能太忙，太忙，身心疲惫，根本没心思没时间去仰望星空；人也不能太闲，太闲，心空落落，猜忌怀疑抱怨愤恨就会乘虚而入。“人闲桂花落，夜静春山空”是一种诗意的闲；百无聊赖无所事事，是一种病态的闲。人生在世，要学会控制“闲”度，适当找点事做。只有当你懂得了“忙”的方向和“闲”的意义，生命才会呈现出应有的状态。

甄语录 学习的人，知识不会老化；知识老化的人，是不学习的人。

知识半衰期

□陶　琦

近年很流行一句话：“时代抛弃你的时候，连招呼都不会打一声！”这句话大约蕴含两层意思：一是陈述当今的技术发展日新月异，时刻都有新的发现和进步，对此缺乏敏感的人，就很容易被淘汰。

二是现代人需要学习的东西越来越多，“知识半衰期”越来越短，如果安于现状，总是守着旧的知识想要吃老本、不跟着变化随时更新，生存空间就会越来越窄，最后只能从这个喧闹的大时代里无声无息地消逝。就像美国专栏作家蕾切尔·努维尔说的：“在沦为历史那一瞬并没有留下巨响，只是发出呜咽。”

过去之人，恐怕很难想到知识也有着“半衰期”。昔日曾有口号“学好数理化，走遍天下都不怕”，就是一种对知识是恒定不变、可用终生的粗浅认识。但现在，有可能才学到的东西，没过多久就变得毫无用处了。有报道称，当今一个具有博士学历的人，只要脱离研究领域四五年，知识基本上就荒废了。

美国科学哲学家托马斯·库恩提出的“范式转移”概念，可对此进行解释：当今学术领域出现新成果的速度越来越快，只要某个新发现打破了原有的假设或法则，相关人士就要及时对本学科的许多基本理论做出根本性的修正，才能与新理论相适配。若是脱离圈子的时间太长，就再也跟不上了。

为何有些人进入“知识半衰期”也不自知？懈怠、划地自限的心态，是重要原因。随着年龄的增长，人的雄心和期望出现收缩，会大幅削减学习新知识的时间和精力，曾有的经历、思想、感情、行为选择和回忆则被汇聚到一起，形成一个自我的思维网络，很容易以常识取代知识。这也是现实中，不少人会不自觉地展现出犬儒思维，或行为举止变得“油腻”的近因——处在时代的新形势下，原来的常识已经不够用了。

当今的大数据技术也导致很多人的知识和见闻被框定在一个极其狭窄的范围内，“知识半衰期”更是可以用天或小时计，有时到了第二天，之前从推送的信息里看到、学到的东西就毫无价值了。而应对这一状况，只能反其道行之，因为真正的知识都是要费些慢功夫才能得来的。除了活到老学到老，网络也不是唯一的求知途径，只有系统和沉浸式的学习，才能避免自己掌握的知识过早进入“半衰期”。

甄语录 智者的坚定不过是把焦虑深藏于心的艺术。

年轻是一种氛围感

□艾小羊

最近我发现一个残酷的事实：大家跟我在一起，主要是为了缓解年龄焦虑。经常合作的摄影师比我小十几岁，跟我拍一天照特别累，他在回家路上跟化妆师感叹："看到小羊姐还跟年轻时一样，我觉得咱们也可以再拼20年。"

我的读者最喜欢看我发新旧照片对比，以前我的审美没这么好，也没有健身，因为年轻看起来很青涩，加之修图水平没有现在高，总之，如今的照片比之前的好看。读者看了心生欢喜，在后台留言："我终于看到了一个越老越美的人，瞬间对变老这件事没那么恐惧了。"

万万没想到，本来立志当才女的我，慢慢活成了一个"抗衰吉祥物"。一个天赋普通却自强不息、活力满满的中年人，往人堆里一站，大家就会想：哇，她可以，我也行！

既然已经活成了吉祥物，不如进一步，说一说我的抗衰秘诀。

首先，不服老、不认老，就不容易老。

在我的词典里，除了最后生活不能自理这种不可抗的衰老，生命的其他阶段都叫"年轻"。无独有偶，白岩松采访80多岁的黄永玉先生时，看老先生开红色法拉利跑车，脱口而出："这东西不是小年轻玩的吗？"黄老回应："我不就是小年轻？"很多人觉得黄老幽默，我觉得不是，他是真这么想，如此，才能当一辈子野孩子。

其次，每天至少做一件新鲜的事。

人是从什么时候彻底老去的？就是他开始活在过去，对生命只有经验，却失去了好奇，一切新鲜的东西都与他无关的时候。从这个层面上看，我见过25岁的老人，也见过52岁的年轻人。

每天做一件新鲜的事其实不难：穿了10年的西装，尝试搭配一条卫裤；从没用过的化妆品，在商场免费试用柜台领一个小样试试……我曾经在刚开业的奶茶店里看一对老夫妻学习如何在手机上领券，然后捧着两杯"网红"奶茶坐在店里边喝边评价，我觉得他们很年轻。

年轻的氛围感，是流动的，拥抱新鲜是保持年轻氛围的核心。当然了，不是新鲜就一定好，而是满怀好奇心的你，看上去很好。

最后，剔除复杂的关系，维持简单的判断与生活。

对于时间的焦虑，是人生的终极焦虑。一方面我们要认命，另一方面我们不能认命，毕竟往后的每一天，我们都是最年轻的自己。认命了，才能有稳定的情绪、充分的智慧，去粗取精地经营自己，活出蓬勃向上、不认命的年轻感。

甄语录 世界上只有两种物质：高效率和低效率；世界上只有两种人：高效率的人和低效率的人。

泡图书馆学习，效率真的会更高吗

□Youth

一到考试前夕图书馆就人山人海，逼得我们又要早起排队，又要花式占座的。可是，在图书馆复习真的比在其他地方的效率更高吗?

在这里，只想告诉你一个残酷的事实——未必!

不管谁在身旁，你的注意力都会被分散

看起来，在图书馆学习注意力更加集中；而实际上，在图书馆中学习会不可避免地被他人分散精力。

根据巴伦1986年提出的分心—冲突理论，只要他人在场，被观察者都会不可避免地出现分心、影响任务的表现。但分心后的结果因人而异：当你在进行简单重复的学习时，效率会提升很多，因为自己本身就有学习的意愿，当看到其他人也在努力学习时，自己的意愿会得到激发，从而会有比独处时更好的学习状态。

然而，当你在进行复杂的运算或者晦涩的概念理解时，学习效果可能便没有那么好了，因为此时需要耗费更多的精力在其他人身上，而不由自主地分心会分散你对学习的注意力。平时解一道数学题可能只要半个小时，而不巧对面坐的是心仪已久的女神，思绪缥缈间，两个小时过去了，而题的一半都还没有解出来。

注意力也会传染

抱学霸大腿终于有了科学依据：注意力真的是可以传染的！当你身边的同伴都在专心学习的时候，你也会不由自主地受到影响，从而更加集中注意力于自己正在做的事情上！在图书馆中学习，感受学霸的熏陶原来真的不是说笑！

布鲁塞尔自由大学的一项研究表明，一个人的专注度会受到其同伴的专注度的影响。在本实验中，38名志愿者两人一组共用一台电脑，当电脑上出现特定的色块时，志愿者需要按下相应的按键做出回应。研究成员发现，当同组中一方的实验难度提升、注意力增加时，另一方的注意力也会随之提升，准确率也相应提高。怪不得柯景腾要和沈佳宜坐前后桌，和学霸坐得近，学习成绩就会提高，谁会不愿意呢?

认知差异：场依存性与场独立性

为什么有的人在哪里学习都可以短时高

效，而有的人却只有在图书馆里才能学进去呢？这就要谈到认知的差异：场依存性与场独立性。

偏向于场独立性的人较少受到外来因素的影响和干扰，倾向于更抽象地分析事物，独立做出判断。偏向于场依存性的人容易受到周围环境的影响，倾向于将外部参照作为判断的依据。

因此，场独立性的人一般选择独立学习，不管是否在图书馆都有较高的学习效率；而场依存性风格的人学习欠主动，因此，来到图书馆受到同伴与周围环境的影响则能够有更佳的学习效果。

所以，你是偏向场依存性还是场独立性的人？

如果你偏向场依存性，携上三五学霸好友到图书馆中学习，学习效果一定会倍增；而如果你偏向场独立性，还要进行复杂晦涩的思考和运算，最好还是寻得一片僻静之地安静自学，只有这样才能事半功倍！

甄语录 不管昨天、今天、明天，能豁然开朗就是美好的一天。

时间开窍

□丁菱娟

大约两年前，我买回一套喜欢很久、纯白色的景德镇出品的餐具。兴奋之余，放水冲洗，一不留神，一只盘子扣在了汤盆上，如胶似漆，怎么弄都分不开，那个气哟！老妈说：“放锅里煮煮试试！”煮了十分钟，盘子纹丝不动。用螺丝刀撬，枉费心机；用锤子敲，承受不起。打电话问商场，回答说之前没遇到过类似问题，自己想办法！

无奈中只得放弃折腾，束之高阁。过年之前，收拾厨房，我偶然翻出扣着盘子的“新”汤盆。上面落了许多灰尘。叹息之后，我忽然想再试试能不能分开它们。用手拨弄两下，没开。不死心，找来擀面杖，沿瓷盘边缘，一点点慢敲。盘子发出阵阵声响，很有节律。呵呵！仿佛音乐，别有韵味。不知道敲了几圈，盘子与汤盆间开始松动，继续敲。“哗啦”一声，盘子与汤盆突然分离，无比高兴！

奇迹在两年后出现。仔细琢磨，怎么那么容易分开了呢？用食指划拉瓷盘上的土，再看盘沿与汤盆咬合之处：岁月的剥蚀与灰尘的浸润早已离间了盘与盆的亲密，以至于当初的无懈可击显出了丝丝缝隙。忽然间就觉得，当初选择不折腾、不较劲、不理睬和不心疼是对的。如果当时因为舍不得而一味纠缠，非要一个结果的话，也许那个扣着盘子的“新”汤盆早被我给弄碎了，一定等不到今天。

庆幸时间叫人开窍。有时候放一放，对自己，对别人，都好。

甄语录 我们等着诺言，等着懊悔，等着白日梦里的久别重逢，而时间在这庄重宏大的等待中，却无可挽回地加速了。

亲历倍速播放

□明前茶

除了高分杰作，闺密小D已基本不去电影院看电影。理由是无论多么冗长无聊的情节，都没办法开启“倍速播放”的模式。

而在iPad上看电影就没有这样的被动消耗感，时而以1.25倍速，时而以1.5倍速观看一部文艺片或爆米花剧，电影的节奏仿佛成了悠悠球，可以大力拍弹，令它以惊人的速度向地面俯冲，又可以随机收拢，握在掌心。那种随心所欲让人不亦快哉。当然，倍速播放不一定是加速，小D也曾以0.75倍速乃至0.5倍速重看晦涩难懂的电影，比如在失眠的夏夜重刷理查德·林克莱特的“爱在三部曲”。这个系列片的台词量大约是正常电影的三倍，稠得像熬了一宿的白粥。开启正常倍速时，小D根本就看不进去，说来也怪，当她把倍速调到0.75后，竟然看进去了。她可以秋毫毕现地看清，男女主角间毛茸茸的试探，无形的默契，他们撞在一起又迅速分离的时而浓烈时而清淡的眼神。

靠着时而0.75倍速，时而0.5倍速的探幽发微，小D还重温了电影《信条》。当年，诺兰导演为了拍出“时间钳形行动”，甚至重新组装了IMAX摄影机，反装了一部分胶卷，以保证摄影机能够正逆向同时拍摄。电影中的时间就如同一枚回旋镖，可以让主角在某个时间点上，迎面遇见过去或未来的自己。由此，子弹可以回到枪膛里，爆破的碎片可以收拢成完好的大楼，英雄可重回飙车的窄道，算好时间拯救未来的自己。在放慢的倍速播放下，小D终于将如此繁杂的时间线索理出头绪来，并写了一万多字的影评，发给高中时代暗恋三年的男神。

电影之外，倍速播放也一样在发生。回过头去看，小D发现，唯有童年，唯有黑板上每天更新高考倒计时的那段日子，是相当缓慢的，仿佛时间在以0.75的倍速流逝。小D记得那段每天刷八套题的时光，教室与操场上所有的颜色、光线、气味与细节。她记得老师收卷批阅后，异常震怒地在黑板上贴出了某位同学画在试卷背面的漫画，人人都憋着一肚子笑。到了高考前十天，时间更仿佛是以0.5倍速在缓慢流逝，人人等得神思恍惚不耐烦。那个时候，大部分题目都面熟到令人生厌，所有人都在盼望时间切换成三倍速，让大结局快点到来。

小D彼时也不知道迈过18岁这道坎，时间很快就会进入正倍速播放的阶段，上大学后成了1.25倍，工作后成了1.5倍，结婚生子后成了2倍。大部分人再也没机会细品那0.5倍速流逝的悠闲时光，我们等着蜗牛爬上葡萄树，等着黄鹂鸟讪笑它；等着在手心里捂得湿漉漉的字条终于放进了某人的笔袋，而他的签名如别人一样故作潇洒地涂满了自己的校服。我们等着诺言，等着懊悔，等着白日梦里的久别重逢，而时间在这庄重宏大的等待中，却无可挽回地加速了。

甄语录 人外有人，天外有天。

这只是你的不可能

□熊荟蓉

有一匹获得过州冠军的蒙古马自视极高。它听说最近从土库曼斯坦过来一匹阿哈尔捷金马，此马头细颈高，四肢修长，能日行千里，夜行八百里。

蒙古马以完全质疑的口吻说：“我这么体格强健、疾步如飞，也不过日行两三百里，它那样皮薄毛细，连盐车也拉不动，怎么可能日行千里呢？”

又听说阿哈尔捷金马奔跑时，脖颈处流出殷红的血，蒙古马更是直摇头：“一边跑一边流血，这不是病马吗？怎么可能跑得快呢？”

又听说阿哈尔捷金马非常耐渴，即使在50摄氏度的高温下，一天也只需饮一次水。蒙古马哈哈大笑：“50摄氏度，身上的水分都要蒸发干了，怎么可能不饮水？”

这天，蒙古马路过一处驿站，只见一个大型马厩里堆了一座小山似的饲料，有玉米、燕麦、麸皮，还有胡萝卜、苹果、蜂蜜、鸡蛋和麦片，还有苜蓿草、青甘草和羊草等。一匹体形纤细的枣红马正在大快朵颐，转瞬间，那座小山就矮下去了一大半。

蒙古马瞪大了眼睛：“你骨瘦如柴，怎么可能吃得下这么多的东西？”

风卷残云，将饲料一扫而空后，枣红马抬起冷冽的眼睫说：“这只是你的不可能！”说完，它抬起前蹄，引颈长嘶，声如洪钟，直上云霄。蒙古马但觉眼前彤云一闪，枣红马已无影踪。

蒙古马惭愧地低下头，喃喃道：“这应该就是阿哈尔捷金马，我的不可能，其实是它的常态啊！”

甄语录 别睡太晚，梦会变短。

你真的每晚需要8小时睡眠吗

□碗

不知道是焦虑，还是一到夜晚就想太多，失眠成了很多打工人的常态。首屈一指的睡眠教练尼克·利特尔黑尔斯，花了30年研究睡眠科学，在《睡眠革命》中提出了独特的R90睡眠法，以及保证睡眠的七大关键指标。想睡个好觉，先要破除以下几个错误认知。

必须睡够8小时？

睡够8小时，是一个从小就困扰着我们的魔咒。为什么有些人明明睡满了8小时，却依旧哈欠连天？为什么睡8小时就清醒了？

实际上，8小时指的是人均睡眠时间，并不适用于每个人。

大家完全可以更放松，毕竟世界上还有每天只需睡3小时的拿破仑，每隔4小时就要睡15分钟的达·芬奇，以及每晚要睡10多个小时的网坛天王费德勒这样的人存在。

睡眠的重点压根不在于时长，而在于质量。睡眠教练尼克就提出了一个“R90睡眠方案”，以周期来计算睡眠时长。

一个完整的睡眠周期由4～5个睡眠阶段组成：打瞌睡—浅睡眠—深睡眠—眼动睡眠—快速眼动睡眠，完成这样一个睡眠周期需要90分钟。“R90”指的正是以90分钟为单位的睡眠周期，“R90睡眠方案”则是以可控的睡眠周期数量来获得身体和精神的双重修复。

对大多数人来说，最佳状态是一周拥有35个周期的睡眠，但并不是每夜必须完成5个周期，偶尔睡得晚也没关系。一般来说能够每周维持28～30个睡眠周期就比较理想了。

另外，睡眠教练尼克强调，在每90分钟的睡眠周期中，深睡眠阶段非常重要。

睡眠质量不佳的人，往往是停留在浅睡眠阶段的时间过长，很难进入深睡眠状态，与其在浅睡眠上浪费时间，不如起床做点其他的，等到下一个睡眠周期到来时也差不多有了更强的倦意，能很快进入深睡眠状态，以完成剩下几个高质量的睡眠周期。

早睡早起才是好习惯？

从小我们就被爸妈这样教育过：早睡早起，养成好习惯。

而今天我要告诉你，睡眠类型是遗传

的，大多数人分为两种睡眠类型：猫头鹰型的晚睡星人和云雀型的早起星人。

晚睡星人，往往喜欢熬夜和晚睡、早晨需要闹钟叫起床、总想在白天午睡一会儿、在不用上班的日子里爱睡个懒觉；而早起星人，会自然地醒来，享用早餐、看书读报，白天也不太会感到疲惫，晚上通常会早早上床休息。

了解你的睡眠类型，除了可以理直气壮地辩解晚睡晚起并非坏习惯，还可以指导我们的工作。因为无论你属于早起型还是晚睡型，都得按时起床，早上9点上班。

当晚睡星人起床困难、白天犯困的时候，比起喝咖啡，日光是一个有效得多的工具。晚睡星人可以去买一台模拟日出的自然唤醒灯，它能在卧室中模拟日出，从而把你从睡梦中唤醒。

如果你是一个早起星人，知道自己早上的状态最佳，就可以利用这一点好好计划下一天的时间。有时，一些特别需要动脑的工作会在下午摆在你的桌面上，如果你毫无头绪，不如留到次日早上再做，到时你的精力会更充沛、头脑会更敏锐。

总而言之，根据自己的睡眠类型，调整工作和休息的时间安排，才是开启高效睡眠的关键。

并不存在正确的睡眠习惯，最适合自己的才是最好的。

午睡越睡越困？

“熬夜是缓不过来的，试图用午睡来缓解熬夜，只会越睡越困。”

这话是不是十分耳熟，你是不是也曾深深认同，觉得午睡是“一睡不醒”的事情？

睡眠教练尼克带着一系列科学依据，来反驳你了。

首先，午后时光是人体在白天最倦怠疲乏的时候，是睡眠冲动达到相对高的时刻。其次，午间小睡可以达到身心修复的效果，让人在下午的工作中更有能量。

德国杜塞尔多夫大学的一项研究表明，即便是非常短暂的日间小睡，也能增强大脑的记忆处理能力；而美国国家航空航天局也专门研究了日间小睡的功效：“26分钟的日间小睡能让飞行员的表现提升34%，灵敏度提高54%。”

不过，如果午睡睡上一个90分钟的睡眠周期，会有一个潜在缺陷：睡眠惰性有可能会紧随其后，也就是我们说的“越睡越困”。

所以尼克认为，30分钟的日间小睡也许是最切合实际的，可以帮你达成一个“可控修复期”。你可以在小睡前先喝一些咖啡，咖啡因会在摄入约20分钟后作用于人体。建议选择意大利浓缩而非拿铁，因为拿铁起效过快，当你刚开始进入“可控修复期”时，咖啡因就起效了。

如果你在午休时睡不着，也不要紧，重要的是，你能利用这段时间闭上眼睛、脱离这个世界片刻。

能够睡着固然很棒，但徘徊在似睡非睡、似醒非醒的蒙眬、迷糊的状态中，同样很迷人。这就像一个美好的白日梦，你并没有认真在想什么，你的大脑处于一片混沌中。

而午睡结束后，打开放在办公桌上的日光灯，或者走到日光下，也能让睡眠惰性快速消失，然后开始一个活力满满的下午。

怎么样，关于睡个好觉，是不是还有挺多学问的？

甄语录 养成阅读的习惯等于为你自己筑起一个避难所。

阅读应该是一种享受

□毛　姆

首先，我要坚持的就是：阅读应该是一种享受。

它不能帮你获得学位，也不能助你谋生糊口；不能教会你驾船，也不能告诉你如何发动一辆故障的汽车。但它将使你的生活更丰富更充实圆满而感到快乐，如果你们真能享受这些书的话。

许多在文学史上占有重要地位的著作，如今除了给专门研究的学者读之外，并不需要每个人都去读。生活在繁忙的现代，很少人有时间博览群书，除非与他们直接有关的书籍。

不论学者们对一本书的评价如何，纵然他们众口一词地加以称赞，如果它不能真正引起你的兴趣，对你而言，仍然毫无作用。别忘了批评家也会犯错误，批评史上许多大错往往出自著名批评家之手。

你正在阅读的书，对于你的意义，只有你自己才是最好的裁判。

每个人的看法都不会与别人完全相同，最多只有某种程度的相似而已。如果认为这些对我具有重大意义的书，也该丝毫不差地对你具有同样的意义，那真毫无道理。

虽然，阅读这些书使我更觉富足，没有读过这些书，我一定不会成为今天的我，但我们请求你：如果你读了之后，觉得它们不合胃口，那么，请就此搁下，除非你真正能享受它们，否则毫无用处。

没有人必须尽义务地去读诗、小说或其他可归入纯文学之类的各种文学作品。他只能为乐趣而读，试问谁能要求那使某人快乐的事物一定也要使别人觉得快乐呢?

养成阅读的习惯等于为你自己筑起一个避难所，几乎可以避开生命中所有的灾难。

我说“几乎”，因为我不能强辩说阅读可以缓和饥饿的痛苦与失恋的悲哀。但是五六本精彩的侦探故事，再加上一个热水袋，却能使任何人不在乎最严重的感冒，如果我们被迫去读那些令人觉得厌倦的书，又怎能养成为阅读而阅读的习惯呢?

甄语录 懂得珍惜的人生最美丽。

溜掉的小鱼最漂亮

□黄小平

一群孩子在小溪里抓鱼，比谁抓上来的小鱼漂亮。

孩子们都说自己抓上来的小鱼漂亮，而一个孩子说，最漂亮的小鱼是从他手上溜掉的那条，没有哪条小鱼能比得上。

溜掉的小鱼最漂亮，有这种心理的不只是孩子。

人们常常认为，摘不下的星星，总是最闪亮的；还未开的花朵，总是最美丽的；错过的电影，总是最好看的。

什么东西最闪亮？什么东西最美丽？什么东西最好看？

在人们看来，是那些还没有得到的，或已经错过的和已经失去的。

什么东西还没有得到呢？期待的东西还没有得到，所以拥有期待的人生最美丽。

又是什么东西容易错过和失去呢？我们身边的东西，平常为我们所拥有的东西，它们最容易被我们所忽视，也最容易从我们身边溜掉和失去，所以懂得珍惜的人生最美丽。

因此，最美丽的东西，总是在来的路上，或去的途中。

甄语录 不要简单的忙碌，要专注。

接受

□周牧辰

接受，就是能容纳，不排斥。

人活一世，不得不接受很多事。太多人只愿意接受好的事，而不愿接受不好的事。比如，愿意接受成功如意，而不愿意接受失败挫折。

大部分人的一生，不可能总是成功如意的，不如意之事十有八九。于是，一旦不愿意接受失败挫折，不快乐、痛苦，甚至抑郁便出现了。

那些总能有好心态的人，并不是因为他们处处皆能成功如意，而是他们愿意去面对生命中的不好之事，并能坦然接受。他们知道唯有如此，才能真正过好一生。

好的来了也接受，坏的来了也接受，才是人生不纠结、不抱怨的根本所在。

甄语录时间太瘦，指缝太宽，时不我待。

有些事不必等

□姜钦峰

从前有个愚人，要在家里设宴请客，打算用牛奶来招待客人。

考虑到客人很多，必须提前收集牛奶。他想：如果我从今天开始，每天去挤牛奶，到时候牛奶太多，就没地方存放；不如将牛奶都存在母牛肚子里，等客人来的时候，再把牛奶全部挤出来，既新鲜又方便。

愚人觉得这个主意不错，说干就干，为了防止小牛吃奶，他先把小牛与母牛分开，分别拴在不同的地方。一个月后，宾客云集，愚人欢天喜地地把母牛牵出来，想挤牛奶，不料当即傻眼，一滴牛奶也挤不出来了。众人问明原委，既好气又好笑。

世上的事情，没有非要等到万事俱备之后才去做的，即使你有幸等到那一天，很可能物是人非，时机已过。就像前面那位愚兄，徒留遗憾，还惹人笑话。跟朋友闲聊时，常听到有人大发宏愿：等我将来退休了，就去周游世界；等我将来有了很多钱，就去捐款建学校；等我将来工作不忙了，就去多陪陪父母；等我将来……可是，树欲静而风不止，子欲养而亲不待，有多少人和事经得起等待？

《四十二章经》中记载，佛陀问弟子：“你知道人的生命有多长吗？”

弟子回答：“在数日之间吧。”佛陀说：“你不懂。”佛陀又去问另一个弟子：“你知道人的生命有多长吗？”弟子回答：“大约有一顿饭的工夫吧。”

佛陀说：“你还是没有参透。”佛陀再问一个弟子：“你知道人的生命有多长吗？”这个弟子想了想，答道：“人的生命只在呼吸间。”佛陀欢喜地说：“你已经明白了生命无常的道理。”

有呼吸才有生命，呼出一口气，吸不进来，生命便结束了。佛陀以此开示世人，要珍惜生命，不要虚度光阴，及时行善积德。还记得小沈阳的那句经典台词吗？“眼睛一闭一睁，一天过去了；眼睛一闭不睁，一辈子过去了。”之所以被人们津津乐道，并非它有多么搞笑，而在于深刻，道出了生命的本质。

时间太瘦，指缝太宽，时不我待。我们无法预知未来，却可以牢牢地把握当下，及时行善，及时尽孝，做应做之事，行当行之路。不要等待，有梦想就去行动。即使无法做到尽善尽美，起码，别让人生留下太多遗憾。

甄语录 只要给予时间，一切皆有可能。

低垂之果

□陆勇强

在杭州远郊，有一处保护完好的明清古建筑群，曰龙门古镇。镇内居民大都姓孙，为孙权的后裔。一千多年后，这里已难觅帝王遗风。这里的居民过着普普通通的日子，平平淡淡地生活。在江南众多古镇之中，龙门古镇没被彻底商业化，算是笃定的那种。

一个家族往往遵循着“盛极而衰”“衰久必兴”的规律，以上百年甚至千年的时间轮回，演绎人间的荣耀和落寞，于是有了喜怒和哀乐。

有人把这一切称为“低垂之果理论”。这个理论是说，一棵果树在春天开花结果，在秋天果子成熟，当果子成熟压弯了树枝时，我们就非常容易采摘；等到果子全部被采摘完后，树枝又恢复如初，我们就很难直接够到树枝了，需要等待下一个年份丰收之时。

用“低垂之果理论”来观察一个家族的盛衰，就会洞悉家族的盛衰之源。要让一棵果树在一个时间轮回中再结出丰硕的果实，除了风调雨顺，还需要适宜的生长环境。这是一种“偶然”和“必然”的结合，它需要用时间来酿造，从某种意义上说，该来的必然会来。

我的家族光耀于元末明初，族人因抵抗张士诚得到明太祖的册封，盛极一时。此后两百余年，家道中落，未见名人达官。直到清朝中后期，家族中才再现文人，留下文名。直至现在，我的老家仍以这位留下文名的老祖宗作为村子的荣耀。

“低垂之果理论”同样存在于科学界。1687年，牛顿在出版的《自然哲学的数学原理》中提出了力学的三大定律和万有引力定律，那一年，他这棵“树”结出了硕大的果子。整个物理学界，几百年间都在摘取他当年的“低垂之果”，直到20世纪，物理学界又出现了一个人，即爱因斯坦。

乔布斯发明苹果手机也是如此。他当年发明了只有一个键和大屏幕的智能手机。这些年来，市场上有各种品牌、各种样式的智能手机，但都没有完全突破乔布斯当年的发明理念，所有手机厂商还在摘取他的“低垂之果”。

我相信，我们的手机还会发生革命性的变化，但这个时间无法预知。我想，当智能手机发明的“低垂之果”被采摘完毕之后，在某一个时间段，这棵果树还会开花结果，再次让人们享受科技果实的甜美。

人类社会的美妙就在于此，只要给予时间，一切皆有可能。

甄语录 大智若愚，聪明是要有呆劲和定力的，要耐得住寂寞。

聪明人不贪速成，才是真聪明

□连　岳

有个少年非常聪明。学生问孔子：这孩子有长进了吧？

孔子答道：不。他还没有资格坐，但已经入席坐了；他本应随行于先生，却和先生并行了。我没有看到长进，只看到他想速成。

再聪明的人，获得一定的力量、地位、权力、影响力，都需要时间。先要站在角落，先要听先生的教诲。书读通了，事做成了，自然从角落到中心，从后生到先生。

聪明的敌人往往是太聪明。聪明人看得到速成的方法，一时一事很容易骗过他人，夸夸其谈，扬扬得意，好像坐到了中心。然后做事读书这种基本功、苦差事就看不上了，最后剩一点儿表演和狡辩，巧言令色鲜矣仁，聪明反被聪明误。大智若愚，聪明是要有呆劲和定力的，要耐得住寂寞。

聪明人不贪速成，才是真聪明。

甄语录 驾驭外物而不被外物驾驭，才能“尽其所受乎天”。

外物轻重

□张远山

《庄子·达生》中用赌注的轻重阐明：人的凝神专注，常被外境外物左右。

有一个人，专注练技，九年大成，然后与人比赛。

先用瓦片做赌注，由于不计得失，所以发挥正常，屡战屡胜。

然后改用腰带钩做赌注，由于计较得失，所以发挥小有偏差，但是仍然胜多败少。

最后改用黄金做赌注，由于不敢失败，所以发挥失常，败多胜少。

由于矜顾外物，导致心智昏聩，练成的技术完全走样。

所以庄子强调乘物而游心于道，“物物而不物于物”。驾驭外物而不被外物驾驭，才能“尽其所受乎天”。

甄语录 世上本无事，庸人自扰之。唯细则简，冰消日皎。

五分之一法则和回音室效应

□杜 舒

人类对基本的事实性知识的无知究竟到了怎样的程度呢？五分之一——也就是说，会有五分之一的人相信任何愚蠢的消息。

美国《赫芬顿邮报》曾做过一项民意调查，向公众提出一些非常离谱的观念让他们做判断，结果表明，每条都有20%的人盲目相信。太阳绕着地球转——嗯，有五分之一的人相信；外星人会到地球上来绑架儿童——嗯，同样有五分之一的人相信。

事实性知识极度匮乏，是导致这些人上当受骗的主要原因。知之甚少不可怕，接收到错误的信息也不可怕，无知更不可怕，真正可怕的是，这些人根本没有意识到自己无知。

还有一种现象叫作“回音室效应”。在自媒体兴起之后，我们收到的信息都是根据我们的喜好、兴趣定制的，这导致我们不断接收到一些意见相近的声音。在这种观点单一、相对封闭的信息来源中，我们只能把接收的信息当作真相的全部，并分享出去，再彼此印证这些相似的观点，这种现象被称为回音室效应。

甄语录 忍耐是涌起希望的技能。

忍耐和忍受

□夏生荷

忍耐和忍受，虽然都有忍的意思，性质上却大有不同。

忍耐，侧重于主观，是一个人愿意主动去做和承受的。而忍受，则侧重于被动，是被动接受外界给予的。

忍耐，能锻炼人的耐心。能忍耐的人，大多知道自己必须去承受一时的不顺和困难，并默默努力，等待转机。而忍受，则更多是懦弱无能的表现，放弃抗争和进取，得过且过。

无悔的人生，应该是不去被动忍受，而能主动忍耐。

甄语录 对人生而言，最关键的是对自己所处的位置有明确的认识。

年少成名 还是大器晚成

□岑　嵘

这个世界上，有的人年少成名，有的人大器晚成。法国小说家弗朗索瓦兹·萨冈18岁时创作小说《你好，忧愁》，一举成名，创下84万册的销售纪录。次年英译本成为《纽约时报》畅销书排行榜的冠军，萨冈也因此成为当时最年轻的畅销书冠军。而我们熟知的笛福，直到59岁才发表了第一部小说《鲁滨孙漂流记》，并由此确立他在英国文学史上的地位。

为何有的人早早成名，有的人很晚才迎来人生巅峰？究竟是人的天分不同还是造化弄人？

芝加哥大学经济学教授大卫·格兰森运用创新经济学领域的理论工具提供了新的答案。格兰森说，在多个领域都会稳定出现的创新者有两种类型：一种是概念创新者，一种是实践创新者。概念创新者的作品标新立异、独具一格。开始一个重大的项目前，他们会深思熟虑，做好周全准备，但是他们的创作并不会被前辈的辉煌成就所束缚，相反他们通过创作来传达内心的某种想法或表达某种情感。属于概念创新者的艺术家更擅长发现自己的想法，而非理解现实世界，所以他们会在比较小的时候就展露出自己的才华。

而实践创新者则不同，他们往往会做大量的调查研究，积累足够的知识，创作过程缓慢、循序渐进，对自己的成果总是不太满意，觉得还有改进的空间。

毕加索就是典型的概念创新者，他的事业巅峰期在他26岁的时候，那个时期的作品是他所有作品中最有价值的。而保罗·塞尚就是典型的实践创新者，他总是问自己：“我努力了那么久，付出那么多的作品真正达到我想要的效果了吗？”塞尚的事业巅峰期在他67岁的时候，那个时期的作品代表了塞尚绘画作品的最高水准。

这两者的区别正如两人不同的艺术观念：毕加索说“我不寻找，我发现”，而塞尚则说“我在绘画中寻找”。

在文坛同样如此，概念创新者有特殊的创作目的，他们因作品的情节和内心体验而出名，比如聂鲁达在20岁的时候写下《二十首情诗与绝望的歌》，菲茨杰拉德在29岁就写出了成名作《了不起的盖茨比》。而实践创新者，在饱尝世间艰辛，对人性充分了解后才迎来创作高峰。例如日本作家松本清张，在经历了人间种种磨难，40岁以后才致力于写作，51岁才创作成名作《砂之器》；狄更斯经历了生活的种种艰辛后，在47岁开始创作《双城记》。

哥伦比亚商学院教授迈克尔·莫布森对此也有自己的解释。他说人的智力有两种，即流体智力和晶体智力。流体智力是一个人生来就能进行智力活动的能力，即学习和解决问题的能力。它依赖于先天的禀赋，随着神经系统的成熟而提高，如机械记忆、识别图形等。晶体智力是通过掌握社会文化经验而获得的智力，如词汇概念、言语理解等能力。

流体智力的峰值在20岁，然后持续缓慢地下降；而晶体智力则不同，它随着年龄的增加而上升。所以年轻人天马行空、激情四射，而老年人阅历丰富，比年轻人更睿智，日益丰富的阅历在很大程度上弥补了流体智力的下降。因此数学、物理、诗歌领域常常是年轻人的天下，而历史研究、政治领域却是中老年人的地盘。

艺术创作的两个巅峰，创意型的概念创新者在青年时，累积型的实践创新者在中老年时，这和流体智力、晶体智力的不同巅峰时期刚好吻合。

村上春树说过："对人生而言，最关键的是对自己所处的位置有明确的认识。"也许你的事业还需要耐心等待，也许你已经过了巅峰期，不过这些都不重要，重要的是明白自己的位置，并且在任何阶段都不轻言放弃。

甄语录 放弃时间的人，时间也放弃他。

时间的价值

□库　索

这家咖啡馆是一个时间流逝得比日常世界更为缓慢的地方。店员磨好豆子，滴漏成一杯咖啡端上来至少需要15分钟，要沉浸于谈话之中，或是投入阅读一本书，才有足够的耐心不去在意这件事。

在凡事追求效率、便利和省事的数字化时代，人们渐渐失去了对时间的感觉，"例如拍照，立刻就可以通过液晶屏幕进行确认，如果不喜欢的话，随手就删除，但在从前的胶片时代，等待照片洗出来需要时间"。

这样的等待意味着什么呢？薰平说，是时间的价值。

"经过时间洗出来的照片，如果不好，便会很失望；如果很好，便会很开心，那种心情是很明显的。像这样的对事物的价值感，在如今的时代变得很薄弱。"

甄语录 悠闲的生活与懒惰是两回事。

无所事事不是慢生活，是慢待生活

□王　欣

~1~

阿姨有个女儿，今年26岁，大学毕业后就在北京工作，但3年里至少换了5家公司。

她每次辞职之前，都会约我出来倒一倒苦水，说她在公司如何不被重视、被老板压榨、被同事穿小鞋、公司离家太远而考勤太严……最开始我还支持她换工作，直到她要换第5家公司时，我才突然意识到：谁在公司没有经历过被剥削、被排挤、被轻视的阶段？每天早出晚归，准时出勤完成工作，这难道不是每个人生活的常态吗？总之，这一切并没有什么好抱怨的。

终于，在听到她因为觉得同事俗气、心眼多、合不来第5次辞职时，我说："任何人去任何公司上班，都是为了挣钱生活、积累经验，而不是去交朋友。同事只是为了完成公司任务而被商业契约绑在一起的陌生人，只要他做好他的，你做好你的，大家能共同完成工作就好。所以，我觉得你因为这个辞职挺不理智的，要不要再考虑一下？"

结果，小姑娘对我说："不考虑了，上班太没劲。我其实想过的是慢生活——去腾冲开个小咖啡馆，简简单单，也挺美好的。"

那次见面之后，小姑娘真的离开北京去了腾冲。看她的朋友圈，果然在当地盘了个咖啡馆，有几次，我看了也的确很羡慕。

再联系是前不久，小姑娘打电话给我，支支吾吾要借钱，说生意进入了淡季，没什么客源，但日常开销还是要付的。她不愿意再打电话向家里要，因为她妈只会唠叨让她赶紧回老家找份正经工作，根本不理解她。

我沉吟了一下，给她转了一些钱。挂电话前，我对她说："别怪我帮你妈说话。如果你的咖啡馆一直是靠花家里的钱运转，那你过的就不是慢生活，是啃老的生活。"

~2~

我今年决定辞去工作，专心在家写书的时候，好多熟人对我说："真羡慕你，自由职业，想睡就睡，想写就写，真正的慢生活。"我敢慢吗？真的不敢。

如果我能按时按质完成当天的计划，那么，我的确可以自由安排剩下来的时间。但，若是因为犯懒、松懈等，拖延了工作，我就得有那么几天不能好好睡觉，没日没夜地赶工。

作家村上春树从20多岁出版了第一本小说后，至今30多年，每年不间断写作、出版，他把自己的一天规划得井井有条：清晨出门跑步，然后写作直至中午，下午学习，晚上社交。很多人羡慕他整洁、温馨的书房，有唱片、有吧台、有各种小玩具。

如果你能像他一样，每天坚持写作4小时以上并长达30年不间断，你也值得拥有一间这样的书房。

~3~

所有你看到的，那些惬意、闲适、无拘无束、不受金钱困扰的慢生活，其实都是人生给予自律的奖赏，是生活某一个甜美的瞬间，却并不是全部与日常。做完了便可以停下来，把剩余时间浪费在一切美好无用的事物上。

慢生活，是有底气的自给自足，而不是好吃懒做的得过且过。

无所事事、碌碌无为，并不是慢生活，是消极地活着。当你一厢情愿地慢下来，什么也不做，又渐渐感觉被边缘化、毫无存在感，长期以最低标准活着的时候，请不要迁怒于任何人，也不要伸手向别人要钱。

选择任何道路，都要为自己负责。

甄语录 迈出第一步没有那么容易，但或许也没有那么难。

推开世界的门

□甘　北

我的中学老师曾布置过这样一道作业题：“你做过的哪些突破是自己都不敢相信的？”

交上来的答案五花八门：有人练习了两年的口语，终于通过一场从没想过能通过的英语考试；有人每天绕着家附近的公园跑步，半年减掉了30斤体重；有人不敢当众讲话，每天对着墙练习……其中有一个答案令我印象深刻。

那是一个非常斯文的女同学，她不敢在人前奔跑，因为她觉得自己跑步的姿势不好看，像一只活蹦乱跳的青蛙。直到升高中那年，有一个体育考试项目就是跑步。她没办法逃避，站到起跑线前，吸气、呼气，紧张得手心开始渗汗。

还没开始跑，她仿佛已经听到了同学们的嘘声，觉得他们一定会笑话自己。

哨声一响，她紧张到了极点，双腿一软，就倒在了地上。老师把她叫到一边，说：“你这个样子，怎么参加考试？”她只得硬着头皮，双眼紧闭，双手握拳，听到哨声就像箭一般冲出去，把空气刺破，划出呼呼的风声。

她站在终点，小心翼翼地睁开眼睛，等待迎接嘲笑和奚落。出乎意料的是，没有一个人笑话她，甚至没有人留意到她！困在她心头许多年的枷锁一下子就被卸掉了。

“迈出第一步没有那么容易，但或许也没有那么难。”

她在最后写道。

甄语录 一个人的认知越清晰，行动就越坚定。

想“废掉”一个年轻人，就让他加入打卡群

□郑依妮

近两年，以记录自律生活为题材的短视频、直播等在各网络平台兴起，学习、健身打卡活动吸引了众多年轻人参与。

“打卡”原本指员工在上下班时完成考勤的工作程序，其含义到今天已经发生巨大变化，只要你想让更多人知道你的动态，一切皆可“打卡”。

不少人习惯在朋友圈、微博等社交媒体上“打卡”，而很多年轻人花钱购买的“读书打卡”“早起社群”等产品，不过是为了督促“自律”。只要是想得到的领域，都能找到打卡阵营。

对这些积极自律的年轻人而言，谁要是手机里没十个八个打卡群，都不好意思说自己是上进青年。

1

“今天不学习，明天变垃圾。”

王鑫的手机屏保上，醒目地写着这句标语，以便随时给自己“打鸡血”。与此同时，她的手机上还充斥着各种打卡App，有为自己的健身计划设定目标日历的Keep、专门帮用户养成早起好习惯的“早起打卡之星”、用于多样性目标的“小目标打卡”“小习惯”，等等。

王鑫明年就要大学毕业了，虽然被同学称为学霸，但她还是倍感焦虑，她说：“我们平时看到那些‘自律狂魔’，总会觉得他们很厉害，精力怎么如此充沛？其实（他们）都是在咬牙坚持。因为没有原则和外界要求，人总是趋向于舒适和享受，而忘了当初立下的目标。唯有制定一个基本原则，在这个方向上行动，才能保持自律。打卡，是我对自己努力后奖励的一朵小红花。”

大厂员工Willson每天在微信朋友圈里打卡跑步，已经坚持了八年，也习惯每次打卡收到朋友们的点赞。他说：“自律是一种坚持，这让我更接近奋斗的状态。但如果没有社交打卡，恐怕就很难坚持下去。打卡确实能在一定程度上帮助我进行自我约束，提醒我该打卡了，一天不打卡就浑身难受，由此让我把跑步这件事坚持了下来。”

独行快，众行远。从这一角度看，“社交打卡”是一种社群化成长方式。选择自己感兴趣的圈子，认识有共同价值观和目标的人，借助他人的赞赏与督促，一群人相互鼓气、相互监督，就容易引燃个体心中奋斗的激情，有助于养成良好的习惯。

从心理学的角度看，打卡可以形成正向的心理效应，它能在达成目标和完成任务的过程中起到非常重要的作用，拥有越高的正向心理越能完成目标。在微信朋友圈打卡，从某种程度上说，就是提高正向的心理效应。

2

对另一小部分人而言，自律不够，“他律”来凑。

一些年轻人非常求上进，希望变得更自律，让自己在学业和工作上更有竞争力。于是，他们花钱买监督，找人管自己。

他们购买的是一种名为“人工叫醒监督学习服务”的私人定制化服务，包括但不限于“督促考研、考公、早睡早起、减肥、健身、防久坐等一切无法自律的事情”。

小易是某平台获得认证的自律监督学习员，原本就从事教师行业的他，阴差阳错当上了兼职的自律监督学习员，客户评价他“比亲妈还负责”。

小易有一个早起学习打卡群，专门为需要监督的小伙伴组建，群里的成员来来去去，最多的时候高达200人。小易认为，这是一份“充满正能量的工作”。

小易说：“群里的成员一起规定了早起的时间，大家都要按照这个计划执行。我们的打卡周期为30天，从入群当天算起。如果请假，需提前一天。定制化的自律服务还要求被监督者每日数次定时提醒、截图或者录视频反馈进度等。”

在小易看来，人们可能还停留在监督是父母、老师的职责，从小被监督着按部就班完成生命中的所有环节。但这类监督还会附加其他“魔法攻击”，例如责备、攻击、贬低，导致被监督人不自信、影响双方关系等问题。

而在网络上，如果购买监督打卡服务，比如被监督起床、跳操、背单词、写论文、做PPT等，不但能定时得到提醒，还能被温柔地鼓励，得到充满正能量的引导。

花钱找人来管自己，看起来就是“一个愿打，一个愿挨”的生意。除了过去的文字、电话叫醒，现在还有语音、视频监督等，甚至衍生出线上自习室、直播自习打卡等。

3

从心理学角度而言，“花钱找人管自己”，可以用金钱暂时唤醒内心深处的自律意识，因为在潜意识中，消费者希望这钱花得值，会暗示自己坚持下去，别让这钱白花了。从一些购买者使用后的反馈来看，监督员的服务产生了陪伴和鞭策效应，让一些人客观上提高了效率，变得更专注，但也有最终没坚持下去的人。

打卡最终成了竹篮打水一场空。

周岭在《认知觉醒》中说：“莫迷恋打卡，打卡打不出未来。单纯地依赖打卡，不仅会转移行动的动机，还会降低行动的效能。”

随着时间的推移，热情消退、动机减弱，学习成长的难度逐渐增大，人们不得不依靠更强的意志力去坚持，大脑也会开启自我保护模式，调整认知，给自己找借口——学习很难，打卡不难，那完成打卡就可以了。加入的打卡群再多，也躲不过你大脑的自我保护模式。

对大多数人来说，打卡只是一场充满激情的欢愉盛宴，无须多日，他们就会出现在另一轮打卡活动中，或是无疾而终了。

甄语录 世上唯有一个真理：便是忠实于人生，并且热爱人生。

不做赶趟儿的事

□佚　名

现在有一个很奇怪的现象，一夜之间，好像所有人都变成了吃货。

满世界的吃货，各式教授厨艺的平台一一展现，好像说自己不是吃货，就显得不热爱生活。

说实话，我对吃还真没什么兴趣，吃本是一件自然而然的事，不过萝卜白菜，各有所爱，干净可口的小菜就行，弄得那么声势浩大，还真是不太能理解，人为地把生活弄复杂了。

真正热爱美食的人反而是不露声色的，随意一个小菜，就可能不一样。我就遇到过这么一位朋友，几个人在另一朋友家聚会，他突然说："我来烧一条鱼吧。"20分钟，鱼端上来，普通的红烧鱼，汁浓汤香，令人赞不绝口。只是一条鱼而已，平时没听他说热爱美食、爱烧菜什么的。他说吃是有天赋的，有这种天赋偶尔露露就好，没有这种天赋也很正常，也不要觉得惭愧，觉得有什么不对。他说现代人容易把事弄隆重了，兴趣没必要变成公共事件。再说，整天把吃挂在嘴上，也不是什么好事，毕竟，世界上还有比吃更有意思的事。

对我来说，跟什么人一起吃，吃的氛围比吃什么重要得多。比如，大家都觉得难吃的飞机餐，我还挺喜欢，外面是云遮雾绕，美妙的夕阳餐，氛围特别，附带着就觉得食物好吃了。《孤独的美食家》的作者认为真正喜欢吃的人都是不露声色的，是每天的生活，而不是拿出来作秀的。

我对美食的某种精神感兴趣，比如一家小寿司店能得到米其林三星，一定有不一样的东西，我欣赏别人做事的态度。

相对爱美食，旅行家好像也多了起来。旅行本是一件很私人的事，现在好像全天下的人都争先恐后地去旅行，似乎一下子很多旅行家冒出来了，但是聊的也是去过什么地方，花了多少钱，更多的聊不出来。一个地方，别人去了，自己不去，就好像落后了：你去了欧洲，我只去了东南亚，就觉得不好意思；你去了国外，而我还在国内游走，又觉得落伍了……遇到一个所谓热爱旅行的人，所有的大小假期几乎赶场一样安排得满满的，个人网站被各类照片贴得满满的，吃个饭发个微博，住酒店发个微博，飞机上发个微博，一言一行都要立马报告……但是真正的旅行是放松心情的，而她却相当浮躁，根本静不下来，一天到晚在查各类信息，为旅行而旅行，她的旅行变成了某种形式。

真正聪明的人是越走越安静。我的一位朋友就说：“我就不爱旅行，每次都觉得累。”她最喜欢的是放假回老家小住两日，回老家就是她的旅行。

另一朋友就喜欢在自己的城市里找一家好酒店住住，吃酒店自助餐，她说我把旅行的消费花在平时了。

我也爱旅行，但我不喜欢说，也不喜欢给人推荐指南。这是私人的事，其中的曼妙只能自己慢慢体会。

我倒是觉得有一位朋友做得特别好。

她没有任何计划，完全随机而行，并不去太远的地方，她说出行太频繁，显得太躁也太累，并不是好的方式，偶尔为之便好。

有一个聪明人这样说，现代四大俗：喝茶，熏香，写书法，学佛。本来好好的事，就是因为有些人不是发自内心，而是为了赶趟儿才这样做，因为不这样做就显得不高雅……好多人对自己的生活津津乐道。

可是好友明泉说：“我真觉得生活很平淡。”失望才是生活的状态。有的人觉得人就该快乐，一天到晚找快乐，可是科学告诉我们，人快不快乐，基因占50%，有的人体内如果某种多巴胺的分泌过少，就不容易快乐，这个还真是自己控制不了的，不快乐也没什么不对。

甄语录 读书给人以乐趣，给人以光彩，给人以才干。

精读和粗读

□龙　文

人的生命非常短暂，仅仅几十年而已，而世上的好书却是无限的。真正喜欢看的书也许就那几百本。这样一来，就要求爱书者有所选择，学会精读和粗读。

所谓精读，即要一句一句地去读。而粗读就是大概读一读，或者是一目十行地去读。精读如对一桌美食，每道菜都要反复地去食用，最终要品出它们的美味；而粗读则是，对每道菜仅仅食用一点点，略知其味。

对爱书的人来说，在平凡的一生中，没有太多能力和精力读尽天下好书，能把世上自己喜欢的那部分好书精读一遍，对一般的好书若能粗读一遍，做到能知好书之味、能知好书之意，那么，一生则是幸运的，也是无遗憾的。

甄语录 你所说的话不一定正确，但我誓死捍卫你说话的权利。

自己正确
比别人不对更重要

□乔凯凯

19世纪40年代，詹姆斯和同伴离开自己出生的小镇，来到城里的中学读书。初到这里，他们有很多习惯都与同学们的不一样，这让他们很不适应。当他们得知学校的图书馆每天晚上9点开门时，更是吃了一惊，要知道在小镇里，这个时间他们都已经上床睡觉了。

“为什么会有这种规定？”同伴不可思议地说。“确实难以理解。”詹姆斯表示认同。同伴一边摇头，一边愤愤地说：“他们这样做是不合理的，甚至完全错误！我要证明他们不对。”“算了吧，也许我们该试着改变一下自己的作息。”詹姆斯劝道。但是很显然，同伴没有把詹姆斯的话听进去。

之后，詹姆斯试着去改变自己的作息习惯，好适应晚上9点后去图书馆看书、学习。同伴却没有丝毫妥协，他特意回了一趟小镇，请小镇上的人证明这个时间他们都已经休息了。他还找来其他一些资料，表明晚上9点更适合休息，而不是学习。

一段时间后，同伴收集了自认为足够的证据，并把它拿给学校负责人看。“也许，你说的是对的，但我们的目的就是要大家勇于挑战自己……而且，有很多同学证明，这个时间段的学习效果非常好。你为什么不尝试一下呢？”学校负责人对詹姆斯的同伴说。同伴并没有被说服，他坚持自己是对的，所以从未去过图书馆。而詹姆斯早已适应了新的作息，以饱满的精力投入学习。

毕业后，詹姆斯以优异的成绩和良好的学习习惯考上了心仪的大学，最终成为有名的数学家，证明了勾股定理，还曾于1880年当选总统。是的，他就是詹姆斯·艾伯拉姆·加菲尔德。至于詹姆斯的同伴，他一直试图证明学校的规定是错误的，以致毕业时几乎一无所获。

“有一种人，始终觉得别人是错误的，并想证明这一点。但很多时候，自己正确比别人不对更重要。因为别人错误与否对我们的影响并不大，而确保自己正确才能够有所收获并保持进步。”詹姆斯·艾伯拉姆·加菲尔德这样说道。

甄语录 知识渊博的人常常会对普通的事物也表现出很强的好奇心。

刘姥姥和“缺口理论”

□岑　嵘

在《红楼梦》中，刘姥姥为讨贾府的哥儿姐儿高兴，便编了一个故事：“去年冬天，接连下了几天雪，地下压了三四尺深。我那日起得早，还没出屋门，只听外头柴草响，我想着必定有人偷柴草来了。我扒着窗户眼儿一瞧，不是我们村庄上的人……原来是一个十七八岁极标致的小姑娘儿，梳着溜油儿光的头，穿着大红袄儿，白绫子裙儿……”

刘姥姥并没有把这个故事讲完，而是留下了一个悬念，于是宝玉好奇心大起，不停地问刘姥姥：“那女孩儿大雪地里为什么偷柴草？倘或冻出病来呢？”宝玉心中不停地惦记抽柴女孩儿的事，等到散了，还背地里拉住刘姥姥，细问那女孩儿是谁？

美国卡内基梅隆大学的行为经济学家乔治·洛温施坦提出了一个“缺口理论”。他说，当我们感觉自己的知识出现缺口时，好奇心就产生了。

洛温施坦的观点是知识缺口导致痛苦。当我们想知道一些事却无法实现的时候，就会觉得身上像长了很痒的疮，不得不抓。要想消除这种痛苦，我们就得把知识缺口填满。比如在生活中，就算看那些糟糕的悬疑电影，我们还是会耐心地把它们看完，因为看不到故事的结局实在让人太郁闷了。

缺口理论的一个重要要求是在关闭缺口前必须先把它们打开，利用他们知识中的缺口，提出一些他们不知道的事，或者向他们展现他们不知道怎么应付的情境。刘姥姥就是用一些深宅大院内的公子哥不知道的知识来吸引他们，用这种耸人听闻的故事来打开宝玉知识上的一个缺口，激起了宝玉的好奇心，让他心头发痒。

因此知识缺口并不一定是坏事，它能激起人们学习的欲望。

美国心理学家南希·劳里和戴维·约翰逊曾做过一个实验，他们让学生分成两组对一个论题进行互动讨论。其中一组鼓励学生与标准答案一致；而另一组则让学生提出与标准答案不同的见解。一下子就同意标准答案的学生对这个主题的兴趣就不那么强烈，相比而言，答案不同的一组则更可能去图书馆查找资料，他们渴望填补知识的缺口，找出谁才是正确的那一个。

缺口理论还有一个有趣的地方：知识越丰富的人缺口越多，好奇心也更强烈。在我们生活中，那些知识渊博的人常常会对普通的事物也表现出很强的好奇心，而那些知识贫乏的人，则习惯一副见怪不怪的样子。

甄语录 狂热存在于你忘却目标时的加倍努力之中。

习惯造就贫富

□陈琪钱

研究发现，每个人都有富习惯和穷习惯。穷习惯包括吃得过多、吃垃圾食品、吸烟、酗酒等，这些习惯会对人们的健康产生负面影响。生活中，若是穷习惯多，你的生活一定不幸福。

十个关键的富习惯如下：

一、制定每天、每月、每年的目标，知道希望和目标的不同。

二、每天进行至少30分钟与职业有关的阅读。

三、知道健康的重要性，每天锻炼半小时，多吃低热量的食物。

四、每天管理与他人的关系，使用策略来增强这些关系，如问候电话、生日电话及生活事件电话等。

五、锻炼适度，饮食适度，花费适度，工作适度，游玩适度。

六、每天要完成工作日历中至少七成的计划。

七、积极乐观，把关注点放在成功的人和事上。

八、把收入的10%至20%储存起来。

九、控制思想和感情。

十、尽量改掉自己的穷习惯，培养能使自己成功的富习惯。

十个关键的穷习惯如下：

一、每天看电视超过一小时，每天上网闲逛超过一小时。

二、每天吃热量超过300卡路里的垃圾食品，过度饮酒，或者夜里喝烈性酒。

三、没有每日锻炼30分钟的习惯。

四、人际关系建立在需要的基础上，交朋友带有很强的目的性，有需要时才找朋友。

五、每天的工作没有完成七成以上。

六、没有建立人脉或没有每月做义工5个小时。

七、工作上得过且过，说得多听得少，说话不着调，不花时间和金钱去建立关系。

八、没有把月收入的10%存起来，挣得少花得多。

九、不能控制自己的思想和感情。

十、把希望误认为目标。

甄语录 纷纭的现象背后，往往隐藏着不为人知的经验和科学。

2分钟原理

□顾静怡

古人云：“一言既出，驷马难追。”话虽如此，但谁也不能保证自己说话不出错。为了挽救“手滑”的后果，微信上线了“撤回”功能，规定可以撤回发出2分钟内的信息。这本来是一件好事，可“手滑”者怒怼：“为什么要限定时间？为什么只有2分钟？”

那么，到底要不要设定撤回期限？又为何设定为2分钟？让我们来听听权威的分析。

要不要设定撤回期限？答案无疑是肯定的。在双方对话中，如果不设定撤回时间，一些已经发送出去很长时间的信息，很可能接收方已经看到，再撤回反而不妥。同样，若撤回时间无限制，发送方可以撤回任意一条历史消息，必将导致对话的上下文不完整。所以，为避免不必要的误会，保持对话完整，设定撤回期限很有必要。

那么，为何将撤回时间限定为2分钟？从信息接收者的角度来看，2分钟是接收到阅读信息的平均时长。设定为2分钟，能最大限度地保持对话的上下文完整。若少于2分钟，可能信息发送者还没意识到失误，就错过了撤回的机会；若超过2分钟，则信息被阅读的可能性增大，也就失去了撤回的必要。由此看来，微信撤回时间限定为2分钟确实有一定的道理。

甄语录 我喜欢旅行，但并不喜欢到达目的地。

旅行与比赛

□长　乐

人生究竟是一次旅行，还是一场比赛，每个人的看法不同。人生的一个时间段可以认为是比赛，但就整体而言，将其视作旅行似乎更合适。旅行与比赛最大的区别在于目的不同：比赛为的是分出胜负，看谁最先到达终点；而人生追求的显然不是这个。爱因斯坦曾说：“我喜欢旅行，但并不喜欢到达目的地。”这其实才是领悟了人生的真谛后，道出的心里话。

甄语录 跟积极的人在一起，犹如跟着蜜蜂找花朵。

暗　示

□崔耕和

《卫人嫁女》是一则寓言，出自《韩非子》。寓言说的是卫国有人嫁女儿，临嫁前其父暗示她说："一定要偷偷地积攒一些财物，做人家的媳妇而被休弃，是常有的事情。那些一辈子不离不弃的，仅仅是侥幸。"

女儿听从了父亲的话，到了婆家，就利用一切机会拼命积攒私房钱。她的婆婆最后实在无法忍受，就把她休掉了。

卫女本来可以过不被休弃的幸福生活，是其父的暗示和暗示产生的效果使她时时害怕被休弃，并导致了最终的结果。

常常想，"心想事成"是对的，心想事成就是一种暗示的作用。现代量子力学表明，世上万事万物都是由能量组成的，而能量就是一种振动频率。振动频率相同的东西，会互相吸引而引起共鸣。脑电波是有频率的，形象一点儿说，大脑就是一块活着的磁铁，会不停地散发吸力，把跟你思维振动频率相同的东西吸引过来。于是，我们的生活也渐渐变成了心中经常想象的样子。这道理也等同于心理学中常说的吸引力法则：人的注意力集中在哪个方面，就能吸引哪个方面成为自己生活的一部分。

一天，朋友的孩子问我："你知道为什么鸡可以天天下蛋，而别的鸟不行吗？"我老老实实地说："不知道。"朋友的孩子说："鸡下蛋不是给人吃的，是为了孵育下一代。一般情况下，鸡在产卵期会每天下一两个蛋，等下够十个左右，它就停止下蛋，开始抱窝。可鸡每下一个蛋，就被人拿走了，这就给鸡一个没下够一窝蛋的暗示，所以鸡就稀里糊涂地一直下蛋。而其他的鸟则没有这样的暗示，所以不会一直下。"我问："难道鸡发现不了被骗吗？"朋友的孩子坚决地说："鸡抱窝的本性使然，再聪明的鸡也会连续下蛋。"

想想也是，人都摆脱不了暗示，何况鸡呢？

是人，就离不开暗示。跟积极的人在一起，犹如跟着蜜蜂找花朵，你就是积极的，他们的言行会使你的内在潜能得到最大发挥，使你进取，催你奋进；跟消极的人在一起，他们就会在不知不觉中偷走你的梦想。

甄语录 我们与光阴对决，总是孤独的输家，但只要我们从容应战，就不怕光阴牌局。

光阴，请出牌

□白音格力

光阴，我知道你洗好了牌，你不用催春风快马，不用派隙中驹，石中火，我自知人生梦中身，转瞬即逝。只要我的窗口悬着一片月，墨未干，瓶花悠然，光阴，你将我所有的纸张泛旧，我依然可以宿墨走笔，题新诗，对花笑。光阴，所有的局都随你，所有的牌任你洗，你布好十面埋伏吧。我无鲜衣可穿，无怒马可驾，但我还是来了。

光阴，你赢了好多局，让我成为孤独的输家，可是我在我的山，我在我的草木人间，都是我自己的诗人，我是自己孤独而骄傲的王。光阴，你不懂。那孤独是幽谷兰，是水面落花诗，是湖心亭的雪，是野渡无人舟自横，是青山不墨千秋画。

剩下的时间，我们在王维的竹里馆，在东坡的雪堂，在张岱的湖心亭，在陶渊明的南山，恭候你的大驾，欢迎你布好的每一局。每一局，你都别想赢。光阴，请发牌。我建了一座春天的城。那里住着月色，住着旅人与诗人，住着人面桃花，住着笔墨和一封封长长的信，住着细腰身的饭香，住着良人。

我建了一座春天的城。那里随处可见长发及腰的花香，青丝绾正的清风。那里随处都有十里红妆的酒，八千里云和月坐下来对饮的茶。

即使光阴你都走光了，这座春天的城里，仍住着一颗颗向善心、向美心、向好心、向阳心。这里走在路上的、坐在桌前的、喝茶的、饮酒的、弹琴的、画画的每一个人，都是诗人，随口一出即是诗。光阴，你继续发你的牌吧，你不懂，这里是一座诗的砖、词的瓦建成的美好城池。这里即使飘你光阴的雪，也阻止不了春风十里花开成海，我们活的是心中的春。就算我们做不成诗人，也可以诗性地活。

光阴，所以我要告诉你，我们请了人面桃花、豆蔻梢头、烟花三月、小桥流水、松间明月、石上清泉……来好好与你打一局牌。

你一定不知道我抓了什么牌，我可以告诉你，我手中有李白的月，周敦颐的莲，陶渊明的菊，林逋的梅，一张张的好牌，看你奈我何。我出的每一张牌上，都有黛瓦粉墙，烟柳画桥，都有好鸟相鸣，好水作响。

你以为给我惊，给我苦，给我四下流离，我就无枝可依，无牌可出吗？

光阴，请出牌！我的手头，就剩下几张牌，一张一首诗。你赢得了我，赢不了我的诗。

甄语录 少壮不努力，老大徒伤悲。

时间的针脚

□梁实秋

最令人触目惊心的一件事，是看着钟表上的秒针一下一下地移动，每移动一下就表示我们的寿命已经缩短一部分。再看看墙上挂着的可以一张张撕下的日历，每天撕下一张就表示我们的寿命又缩短了一天。

因为时间即生命。没有人不爱惜他的生命，但很少人珍视他的时间。如果想在有生之年做一点儿什么事，学一点儿什么学问，充实自己，帮助别人，使生命有意义，不虚此生，那么就不可浪费光阴。这道理人人都懂，可是很少人真能积极不懈地善于利用他的时间。

我自己就是浪费了很多时间的一个人。我不打麻将，我不经常听戏看电影，几年中难得一次，我不长时间看电视，通常只看半个小时，我也不串门子闲聊天。

有人问我："那么你大部分时间都做了些什么呢？"我痛自反省，我发现，除了职务上的必需及人情上所不能免的活动，我的时间大部分都浪费了。我应该集中精力，读我所未读过的书，我应该利用所有时间，写我所要写的东西。

但是我没能这样做。我的好多时间都稀里糊涂地混过去了，"少壮不努力，老大徒伤悲"。

例如我翻译莎士比亚，本来计划于课余之暇每年翻译两部，二十年即可完成，但是我用了三十年，主要原因是懒。翻译之所以完成，主要是因为活得相当长久，十分惊险。翻译完成之后，虽然仍有工作计划，但体力渐衰，有力不从心之感。假使年轻的时候鞭策自己，如今当有较好或较多的表现。然而悔之晚矣。

再例如，作为中国人，经书不可不读。我年过三十才知道读书自修的重要。我披阅，我圈点，但是恒心不足，时作时辍。五十以学易，可以无大过矣，我如今年过八十，还没有接触过《易经》，说来惭愧。

史书也很重要。我出国留学的时候，我父亲买了一套同文石印的前四史，塞满了我的行箧的一半空间，我在外国混了几年之后又把前四史原封不动带回来了。直到四十年后才鼓起勇气读了《通鉴》一遍。现在我要读的书太多，深感时间有限。

无论做什么事，健康的身体是基本条件。我在学校读书的时候，有所谓"强迫运动"，我踢破过几双球鞋，打断过几只球拍。因此侥幸维持下来最低限度的体力。老来打过几年太极拳，目前则以散步活动筋骨而已。寄语年轻朋友，千万要持之以恒地从事运动，这不是嬉戏，不是浪费时间。健康的身体是做人做事的真正的本钱。

时间管理，

充分利用一年的8760小时

甄语录 成功靠的从来不是一天两天的激情，而是长时间的努力和坚持。

最慢的人最先到终点

□乔凯凯

挪威人罗阿尔德·阿蒙森是著名的极地探险家。少年时期，他就很喜欢探险，常常和同伴们去各地徒步旅行。有一次，他们开启了一项新的计划，路程大概有3000千米，地貌非常复杂，天气状况也极不稳定。为了顺利到达目的地，每个人都做了一番规划。

也许是刚踏上旅程，大家精力充沛，走得很快，一天能走30多千米，甚至有人走了四五十千米。令人意外的是，阿蒙森竟然只走了20多千米，两三天下来，就远远落在后面了。众人很不解，连新手都走得很快，经验丰富的阿蒙森怎么落后了？不过，阿蒙森一点儿也不着急，尽管地势平坦、天气晴好，他始终保持着一天20多千米的速度。

然而，结局很出乎意料，第一个到达终点的是阿蒙森。全员到齐后，阿蒙森看着众人不解的样子，笑着说："我每天的速度都是20多千米。你们呢？"

原来，其他人最开始的速度确实很快，但随着旅途的延长，碰到道路不顺、天气恶劣的情况，他们大多选择停下来，躲在帐篷里休息，想着等天气好转后再快速赶上。但天气好，路比较顺的情况非常少，行程也就时不时停下来。如此一来，反而是每天坚持只走20多千米的阿蒙森最先到达终点。

正是靠着合理的规划和坚定的毅力，阿蒙森在之后的探险道路上越走越远，后来还获得了探险史上的两个"第一"：第一个航行于西北航道，第一个到达南极点。阿蒙森说："成功靠的从来不是一天两天的激情，而是长时间的努力和坚持。所以第一个到达终点的人不一定走得最快，相反，最慢的人可能最先到达终点。"

甄语录 做事效率=完成事情的数量×事情的影响力/寿命

挑出金子，还是过滤沙子

□吴　军

经常有人问：如何提高人生的效率？我的原则是：要挑出金子，不要过滤沙子。

这是什么意思呢？淘金有两种做法：第一种是把金矿砂摊到地上，在阳光下把里面闪光的金子颗粒挑出来；另一种做法是把沙子过滤掉，剩下的自然都是金子。

从理论上讲，挑出金子和过滤沙子是一回事。

但是第一种做法有一个明显的缺陷，把大颗粒的金子挑出来不难，但很多细小的金砂可能因没被发现而浪费了。

因此开采金矿的人多采用第二种方法。其实，挑出金子和过滤沙子，象征着两种做事方法。

在生活中，采用第二种方法做事的人比较多。但做成大事的人，大部分都采用第一种方法。

举个例子，几年前我开始和摄影师一同外出摄影。我发现，在选片时，专业摄影师是从一大堆照片中只挑几张很好的出来，而较业余的摄影师通常是删掉不好的，把其余比较好的都留下。

明明用第一种方法会漏掉金子，那为什么还要这么做呢？因为这涉及人生目标和成本问题。

做事也是这样。计算做事效率的公式可以这样表示：做事效率=完成事情的数量×事情的影响力/寿命。

有的人一辈子就干了一件事，比如，德国人谷登堡发明了铅活字印刷，并将它市场化。虽然事情只有一件，但它的影响力非常大，因此，我们可以说谷登堡做事的效率很高。

反过来，有一个日本人叫中松义郎，他自称“发明王”，拥有3200项发明，可是我们找不到他的哪一项发明对世界产生了重要的影响。因此，他做事的效率与谷登堡相比差远了。

甄语录 注意力分散已经成为一种流行病——一种认知上的“肥胖症”。

你患有大脑“肥胖症”吗

□陈　赛

盖瑞·斯莫尔是美国加州大学的脑神经学家，他认为大脑的功能在过去20年间的改变，很可能比过去数千年的变化更大。他做过一个实验，上网高手和上网菜鸟分别在Google（谷歌）上搜索时，前者大脑左前区的一个特定区域非常活跃，而后者的这一区域则活动甚微。但在互联网上仅活动5天之后（每天1小时），Google就在他们的大脑中激活了这一区域。

如果大脑对于每天1小时的网络搜索刺激就如此敏感，而现在年轻人每天平均花11小时在高科技玩具与设备上，那么他们的大脑又会发生什么变化？

斯坦福大学的一项研究发现，我们在电脑前每度过1小时，用传统方式与他人面对面交流的时间就减少30分钟，社交技巧就会变笨拙。实验表明，一些年轻人在玩过一段时间的暴力游戏后，甚至丧失了识别快乐、悲伤等情感的能力。

数字技术迫使我们的大脑正在学会如何更有效率地处理更多的信息，但一些对人类来说更加意义深远的东西或许正在失去，比如深度思考的能力、集中注意力的能力、面对面交流的能力、不被刺激的能力……爱走神就是数字技术的副作用之一。正如英国作家阿兰·德波顿所说，只要坐在计算机前，你很容易就忘了自己要做什么，因为总会有比你手头的工作更刺激，或更有趣的事情冒出来。

注意力分散已经成为一种流行病——一种认知上的“肥胖症”。我们不断忙碌，追踪一切，分散心力关注每件事以及每个地方。我们时刻在扫描周围的环境，对新接触的一丁点儿消息都保持警觉。与之相随的是一种“多任务处理”的强迫症，我们想更快，一次性处理更多的事情，比如把电脑放在跑步机上，一边锻炼，一边工作，还经常一边开车一边发短信。花一小时只做一件事情，变得越来越不现实了。

就像节食一样，我们应该学会控制大脑对新鲜刺激的渴望。将注意力集中到某件事情上，类似于精神上的俯卧撑，能达到大脑减肥的效果。或许，未来的健身房除了锻炼肌肉，还会进行大脑锻炼，教人们怎么集中注意力。当然也有低科技的办法，比如冥想，它能使前额叶皮质区神经元同步信号的能力，比常人高出30倍。

而在日常生活中，打盹20分钟也能刷新大脑，极大改善注意力。小睡60分钟，效果最佳。你还可以随时准备一个耳塞，身处吵闹的地铁上时，为自己建造一个“刺激庇护所”。

甄语录 总的来说，时间管理的基本准则就是“别闲着”。

正确的时间管理

□孙　欣

即使不以一生为度量，成年以后也很容易觉得时间过起来飞快，不够日程表用的。做一个什么都不亏负的人，每天要刷牙洗脸梳妆打扮，有些会一定要在场，有些邮件一定要回复，有些交通工具一定要赶；孩子需要接送，三餐需要准备，父母亲戚需要探望照顾。这些事在日程表上就像城门上的大铆钉，别的软性事物只能围绕着它们安排。朝九晚五的上班族还要去健身房，学冥想，学瑜伽，算上来回奔走洗澡换衣服的工夫，一整晚的空闲都没有了。

新媒体和微信朋友圈刮起学习和知识付费之风，成了压垮爱焦虑上班族的最后一根稻草——都知道学习是好事，也不是花不起购买知识的钱，只是时间从哪里来？“如何管理时间”成了知识付费的热点之一。很久以前就有一本书叫《高效能人士的七个习惯》，这本书教出来的徒子徒孙，是真的已经成了高效能人士挣着大钱，还是靠把“高效能人士的习惯”重新包装成朋友圈热点文章来挣大钱，还是继续把时间花在学习提升效率上？网上课程种类繁多，有“音频一百讲”教人学会时间管理。从来不被这种课程诱惑，倒可能是节省时间的一种有效方式。

所有需要更换地点的事都头尾自带两截隐形的时间黑洞。能不出门就不出门，是一种很有效的节省时间的方式。我听过无数人抱怨出门之前随便收拾一下就要花掉至少20分钟，那是因为大部分人不是像我一样的悲观主义者也不是控制狂。钥匙钱包车票必须上次进门的时候就理好，为下次出门做好准备。宁可忍饥挨饿，也不多带化妆品零食保温杯之类增加找不到这一风险所耗费的零碎时间。据说纽约人一下车就把钥匙抓在手里，为的是缩短在自家门前摸钥匙的时间，减小被抢劫的概率。我从来没遭遇过抢劫，但总是在公交车还有一站地到家的时候就把钥匙拿出来放在大衣口袋里。

乘坐公共交通工具和走路的同时就可以读书和吸纳信息。通勤时阅读或听有声书和播客，效率特高，可能是因为能把人暂时带出喧嚣的现实。有人说搭地铁几年下来能学会意大利语，不知道是不是夸张了。我在手机上看完了巴尔扎克的《幻灭》和《交际花盛衰记》。一旦意识到自己某一刻很闲，五分钟内把两个社交软件刷了三遍，就马上起身去做点小型家务，或是举几组哑铃再来两分钟平板支撑。这样度过零碎时间，可以积攒出整块的阅读或看剧的时间，还能改善核心肌肉强度和手臂线条。总的来说，时间管理的基本准则就是“别闲着”。

当然，时间管理最最核心的问题是：在挤出来的时间里，你打算干点什么呢？

甄语录 只有脚踏实地把握现在，才有触手可及的未来。

当下在哪儿

□牛东平

到处听到让人“活在当下”，听多了不免流于空泛，庄子讲要“得意而忘言”，此话偏又停留在言的层面。从价值上讲，“活在当下”无疑蕴藏大智慧，但从操作和尺度上来看，当下到底在哪儿、以什么单位来计量、如何进入当下，却少有人直观地指给你看。因此在生活中，当下就不免成为一个口号或空壳。那么，我们能不能把当下单独提取分离出来，放在聚光灯下观察认识一番呢？

要萃取当下，需要在一个特定的场所或者实验室之中，因为当下触不到、摸不着、无色亦无味，甚至在时空之外，要一眼就把它指认出来颇有难度。不过，射箭运动为我们提供了一个优良的场所。

射箭运动员的训练有很大一部分是心理训练，其中正念训练效果最显著。所谓正念，是指有意识地觉察当下和不做判断，意识不在虚拟的思维世界里发散、徘徊，而是专注于现实的事物。射箭可能是对身心协调和稳定性要求最高的运动，箭在弦上，任何一点风吹草动和心绪杂乱都会让身体肌肉僵硬或产生轻微震动，从而影响箭的轨迹。所以发箭的刹那，必须心如止水，不去想射得好坏、不去判断成败得失，甩脱过去和将来的杂念，从而摆脱时间的束缚，注意力只停留在身体和弓箭互动的当下，如此方能射得好。而射箭那一瞬间，人所处的状态就是当下。

这是一个人在任何时刻所能拥有的最好状态，身心柔软，活泼自然，无任何矫饰，一颗平常心，这样的状态做任何事都会极富效率、事半功倍。可以说当下是每个人都本自具足的珍贵资源，只是遭到了不同程度的遮蔽，而无法使用。

射箭作为一种锻炼心灵的独特方式。学员在老师的指导下，反复体验、揣摩和领悟当下那一刻的感受，从而不断熟悉和掌握这种状态，最后逐渐将其贯通。除此之外还有诸多方法，从不同角度来帮助人挖掘这一内在资源。

正念训练法里有一个嚼葡萄干的辅助练习，让人体会当下，很有趣。通常人们吃葡萄干速度很快，大嚼一道，这个练习让你把速度放到最慢，静静感受葡萄干在你舌尖上的感觉和牙齿咬裂葡萄干的那一瞬间，迸裂出的那一股鲜美就是当下。识别当下虽易，但是要将每一刻的当下像珠子般穿起来，则需要不断地去熟悉和训练，生活中的每时每刻都可以是这样一个心灵健身房。

甄语录 越长大越发觉，不是时间过得越来越快，而是时间对我们越来越重要。

时间控制术

□薛　巍

在工作和家务繁重、人人疲于奔命的快节奏的世界里，许多人都感到缺少时间，从而活得很不开心，研究者给这种感觉命名为“时间荒”。近来，他们又创造了一个词描述与之相反的现象：“时间富足”，即感到自己的时间非常充裕。感到时间富足对我们的生活大有好处。时间不够用的人感到压力更大，对生活更加不满意；而感到时间富足则会使人感到振奋，比物质上的富足更强大。

每个人拥有的时间长度是固定的。不管如何组织、安排或缩减手头的事务，我们拥有的时间资源总是有限的：一天只有24小时。但现在的一些研究提出，时间是一种比我们想象的要更加灵活的资产，虽然我们不能让每一天多出几小时，但可以让自己感到时间更充裕。人们不需要辞掉工作、离开城市，或强烈地改变自己的生活方式，只需要做出一些很小的努力就能使自己感到时间充裕。

第一个措施跟我们的直觉相悖：花时间帮助别人，即牺牲自己的时间。与“那些捐钱的人比不捐钱的人会觉得自己更有钱”类似，那些捐出时间帮别人干活的人，比那些浪费时间的人觉得时间更充裕。研究论文中说：“把时间花在别人身上看上去扩展了未来。”原因是，通过为别人做事，人们感到自己很有成效、很有用。不管是帮助朋友，还是帮助病人，都会比花时间做自己的事情让人觉得时间更多。当我们干自己的活时，总是想着还剩下多少没做，比如在扫雪时，你不会想着你已经扫了多少，很有成就感，只是想着你得扫完雪，还得在结冰的路上驾车去上班。我们觉得自己的活永远都干不完。

另一个研究小组在考虑某种情感能否扩展人们的时间，比如惊奇，因为这种情感能使人们把注意力放在当下。研究人员不能把人们送到会激发惊奇感的地方，如瀑布、山顶或赛场，他们就给被试人员看能够让人感到惊奇的视频，让他们写下个人惊奇或愉快的经历，让他们读一篇登上埃菲尔铁塔鸟瞰巴黎的文章。然后调查他们的时间感，结果表明，即使是一点点的惊奇感也会大大提高他们的生活满意度，感到自己有了更多时间。

研究者的结论是，惊奇感能让人们更加觉得自己活在当下，而不是回忆过去或为将来感到烦恼。通常的参考框架被改变了，时间显得变长了。我们确实经常要赶时间完成一些事情，但大部分时候，我们对时间特别有限的感觉太极端了。

甄语录 只有一次的人生，要拿出干劲来，别只在一旁羡慕。

高效学习秘籍

□[美]麦肯齐·珀金斯　译/林升阳

大部分大学生都讨厌恶补式的学习。高强度、高压的学习不仅会影响平均绩点，也不利于健康。在大学里取得成功没有可靠的捷径，不过改变学习习惯与调整上课方式确实会行之有效。你可以从下面这些小建议做起。

使用两个笔记本

带上一个笔记本去上课，把听到的东西都匆匆记在上面。笔记可以不够整洁，甚至字迹潦草也无伤大雅。课后一小时左右，把笔记誊写到另外一个笔记本上。在这些笔记上多花一点儿时间：突出重点，把老师强调的主要内容做上标记，查找定义，并且记下下一堂课的问题。

使用双笔记本这一方法能够帮你保存信息，不然几天之后你可能就会忘掉。下课以后，迅速复习所有新材料，能够让这些知识在大脑里保持鲜活。另外，根据《科学美国人》杂志的说法，比起打字，手写方式能够让你对相关知识的记忆持续更久。

找一个学习伙伴

开学第一周就在班内交上朋友，并且安排一个固定的学习时间。在学习过程中，重温那些难点，互相讲解。把这个过程看作讲故事——将家庭作业当作故事，然后把这些故事讲给对方听。你和学伴不仅成为新的朋友，还要在整个学期负责督促彼此的学习。

保证睡眠充足

及时补充水分，摄取足够营养，尤其要保证充足睡眠，其重要性如何强调都不过分。倘若睡眠不足，你的记忆力将会下降40%。应当力求每天睡眠充足，尽量做到每晚在同一时间入睡，即便在周末也不例外。

找到最佳学习时间

说到睡眠时间，需要指出，并不存在一个人人适用的学习时间表。大量研究表明，清晨学习和夜间学习各有优势，所以你不应迫于压力维持一个令自己不适的日程。只要睡眠充足，并且能够如约完成要做的事，那么学习时间安排完全取决于自己。如果你工作到深夜，那就确保次日早上有地方好好睡一觉（可能的话，不要选早晨八点的课）。

并非人人都习惯早起，不早起完全没问题。

尝试“番茄工作法”

番茄工作法是一种保持专注的方法，表现为短时间高强度的工作和多频次休息。如

果你想尝试这一工作方法，那就选择一项待完成的任务，将番茄钟设置为25分钟。番茄钟响铃时，休息5分钟，重新设置一个25分钟的番茄钟，继续工作。4个番茄钟过后，延长休息时间。番茄工作法可能会有助于在更短时间内完成更多工作，而你也不会感到精疲力竭。另外，众所周知，在学习过程中安排短暂的休息，可提升注意力。

优化学习方式

找到适合自己的学习方式，然后相应调整学习技巧。记住要尝试几种学习方法，看哪种对自己最有效。如果三种主要学习方式都不大可行，那不妨将两种方式结合起来，或许你能从中受益。

与老师面谈

不要在遇到困难时才想起这么做。新学期伊始就和老师们建立联系，这样，出现问题时，老师会知道这门课及其教材对你很重要。假如你正在考虑申请奖学金，或者因为申请读研而需要推荐信，那么与老师建立牢固关系将会使你受益匪浅。

片段式学习

片段式学习能让你长期对所学知识记忆犹新。每天花上15分钟复习笔记，你就能够牢记课上所学知识。尽量不要略过复习日，不然你很可能忘记学到的东西（尤其是新知识）。

先流汗再学习

海量研究表明，体育锻炼有助于取得优异成绩并且提升学习与认知技能——尤其是运动之后再去学习。假如学习没什么进展，也无暇光顾健身场馆，那就选择快步走。新鲜空气和周围环境的变化会促使你产生新的联想，进而解决问题。

变换学习场所

假如你在一个地方难以集中精力，那就试着在不同地方学习。对某些学习者而言，学习场所的改变可以加深他们对所学内容的理解，这些内容并非只能在最初传授的地方学习。这样，日后你更容易记起这些东西。

考虑找一份兼职

假如你不大善于管理学习时间，或许会觉得找份兼职只会导致问题更复杂。然而，研究表明，读书期间兼职的学生往往会取得更好的成绩，这是因为工作经历可以改进他们管理时间的技巧。

甄语录 在别人看不见的地方自律，成功才会离你更近。

7个时间管理方法

□佚　名

1.计划清单表格

一个合格的计划清单，不是碎片化事件的罗列，而是可以给每一天一个清晰的规划，知道每天的任务都有什么。

使用方法：

①列碎片清单。花10分钟将当天希望做的事情全部写出来，不用考虑是否合理，也不用考虑是否有必要。

②优化删减学会分清主次，充分利用二八原则，将主要精力花费在最有价值的事情上。从碎片清单里面选出当天必须做的事情以及紧急的事情，放进计划清单。将那些一般的事情和对自己帮助不大但是耗费时间的事情交给他人去处理，或者延期甚至直接放弃。

2.时间“四象限”法则

时间“四象限”法则是一个重要的时间管理理论，把工作按照重要和紧急两个角度进行划分，基本上可以分为四个“象限”：

第一象限：既紧急又重要的事，如客户投诉、即将到期的任务、财务危机等。

第二象限：重要但不紧急的事，如建立人际关系、人员培训、制订防范措施等。

第三象限：紧急但不重要的事，如电话铃声、不速之客、部门会议等。

第四象限：既不紧急也不重要的事，如上网、闲谈、发邮件、写博客等。

使用方法：

①区分象限将手头待办的事情按照要求进行分类。“四象限”法的关键在于第二类和第三类的顺序问题，必须非常小心区分。另外，也要注意划分好第一和第三类事，都是紧急的，区别就在于前者能带来价值，而后者不能。

②按顺序处理。按第一象限>第二象限>第三象限>第四象限的顺序处理待办事项。

3.新四象限法则

和传统的四象限法则一样，新四象限法则也是由四部分组成，只是每个象限的内容发生了一些变化。

第一象限：执行计划。执行自己计划清单里的事项，按部就班地处理。

第二象限：随机之事。紧急情况，即兴发挥等都是随机之事。

第三象限：制订计划。考虑事情怎么做，将事情纳入待办事项里。

第四象限：“发呆”。看电视剧，刷微博，打游戏等只为消磨时间的休闲娱乐活动。

使用方法：

按执行计划>随机之事>制订计划>发呆的顺序处理事情。

[提醒]①“随机之事”需要临时打断“执行计划”，但“执行计划”通常排在前面。

②我们需要减少“发呆”的时间，但不代表不需要此块时间，劳逸结合，才能提高工作效率。

4.打卡记录表格

简单方便，易上手，正面暗示更有助于建立自信。

使用方法：

①制定目标，关注完成的部分。比如早起，如达到目标，就打“√”，如没有完成就空着，不要打“×”。

②制定一些奖励机制。如果连续获得多个“√”，就可以考虑吃一顿好吃的，买一件想买的衣服等奖励自己。

5.九宫格日记表

记录方便，DIY（自己动手）性能强，清晰美观，适用人群广泛。但字数有限，只能把时间简单概述。

使用方法：

将每一天分为八个板块，中间写上日期、天气，也可以标注出当天的心情，其他的板块可根据自己的目标和计划做出相应的记录。

6.甘特图

以图示的方式，通过活动列表和时间刻度标示出特定项目的活动顺序与持续时间。

基本是一张线条图，横轴表示时间，纵轴表示项目，线条表示在此期间计划和实际的活动完成情况。

使用方法：

以读书为例，左侧输入自己阅读的书名，再横向画出有哪些时间花费在这本书上，一天下来花费的时间会形成一条横线，当然，可以中断。

7.碎片时间清单

碎片时间很难提前精准安排，列出碎片时间清单，可以让你快速知道自己要如何利用这些时间。

使用方法：

当碎片时间到来时，你可以根据它的长短，迅速地去碎片时间清单上找到自己可以做的事情。例如，1分钟就活动下身体和记账，3分钟给家人打个电话、做做俯卧撑、收拾下桌子等，更加充分高效地利用时间。

甄语录 很多人以为对自己严厉才能表现更好，其实这样的观念是完全错误的，怜悯一下自己可能会有更好的效果。

让你顶住压力的7个支点

□沈畔阳

成功人士和失败人士的不同在于，前者知道如何应对压力，懂得压力太大的话工作质量就会有所下降。因此他们开发出很多能够让自己镇静下来的方法，从而把事情做好。

如下就是他们面对压力的7个支点。

1.关注全局

成功人士提醒自己在更大背景下，具体的某件事情其实并不重要。要是把前进路上的障碍看作成功的机会，把艰巨任务当成向世界展示自己是什么样的人的机会，负面思维就无法对你施加影响。重要的是对自己克服眼前任何困难的能力充满自信，有了这样的心理素质，就一定能够把心中的压力释放出来。

2.一笑解千愁

一旦被压力攫住，成功人士能够看出压力的可笑之处并且笑得出来，而不会让负面思维的乌云笼罩自己的思维。研究表明，不论什么时候感觉生活中的压力影响到心情，付之一笑都有助于血液的正常循环，从而减轻身体上的压力症状。棘手情况下，笑得出来还有助于以谅解的态度看待错误和失败，让自己更加快乐、乐观而不是那么压抑。很多人以为对自己严厉才能表现更好，其实这样的观念是完全错误的，应该记住的是人非圣贤孰能无过，怜悯一下自己可能会有更好的效果。

3.会玩脑筋急转弯和拼图游戏

成功人士懂得用挑战大脑的方法来释放压力。有一种脑筋急转弯游戏，可以让人用数学和逻辑完成一个四边形，可难可易，可以根据自身情况进行选择。拼图游戏是又一种挑战大脑远离压力的方法，有一种由27个方块组成，分为完全不同的7个独特界面，是一种你完全可以试试的普通游戏。还有的拼图游戏，因为经常用在心理和智力测试中而众所周知，具有改进大脑功能的作用。完成这样游戏的能力，有助于看清自己的智力水平，总之越是积极用脑，就越能减轻压力。

4.让日程简单明了

很多人都知道，生活和工作中产生压力的主要原因，是诸如截止日期、官僚主义、苛刻老板、工作负担过重这样的因素，不得

不做出决定也是主要的压力源头，只是绝大多数人不愿意说出来。每当要做决定的时候，不论是录用一个新员工、完成某项工作，还是与某个客户见面，我们的头脑里都会经历某种紧张情绪，这就是压力。成功人士知道如何解决类似问题，他们会采取例行公事的办法降低决定的数量，若是每天都要应对的事情，他们会在同一时间做。你也可以早晨计划好一天要做的事，简单明了的日程可以大幅度降低压力水平。

5.在待办事情列表上加上时间和地点

如果有待办事情列表，一天下来却没有划掉任何内容，那肯定会感到压力很大。你要做的是按时把事情做完，这就需要一个“如果……那么……”的计划，也就是众所周知的贯彻意向策划，它对帮助摆脱压力真的很有用。大约200个从时间管理、谈判到锻炼身体和饮食的研究表明，提前做好时间、地点、在什么地方完成具体任务的计划可以大幅度、低压力地增加实际完成它的概率。成功人士肯定会在他们的待办事情列表上写明具体时间和地点，例如，不说“要给约翰打个电话”，而是说“周三下午要给约翰打个电话”。这样一来，你就能按时轻松地打这个电话，即使当时忙于处理其他事情。

6.用5分钟做自己喜欢的事

一项心理学研究表明，这样做可以让你在疲倦的情况下给自己补充精力。使用这个策略之前，重要的是要明白有趣和放松，尽管二者并不相互排斥，但其实不是一回事。

以午饭为例，可能很放松，但是若不是和好友或家人一道进餐，也没什么意思，为此，吃饭不会给你补充什么精力。还有，有趣不是说不费力气就轻易可得，上述引用的研究也表明，有趣的任务并不意味着容易完成，可能也需要付出很多努力，所以不要以为补充精力是件很容易的事。

7.想到已经取得的进步

面对压力，小胜能让成功人士不断前进，很多时候并非是否达到目的，而是每天的前进速度决定他们的感受。稍停片刻反思自己到目前取得的成就很有帮助，可以让你更加聚精会神地应对前面路上的种种挑战。

甄语录 控制愤怒最好的方法，是舒缓。与其事后悔恨，不如让自己冷静三分钟。

“3分钟定律”，改变无数人

□儒风君

不要小看生命中的每一分钟。时间，是治愈一切的良药。说话、做事、待人，都需要经过时间的发酵。“3分钟定律”，件件是修行，从而迎来更好的自己。

01 说话，斟酌3分钟

俗话说：“水深则流缓，人贵则语迟。”说出去的话，就像泼出去的水，根本收不回来。

有些人，有些话，不经过大脑思考，轻易就说出口。即使没有恶意，也很容易伤害别人，给自己造成祸患。

琅琊王氏，是中国历史上最显赫的家族之一。族中传有六字家训：“言宜慢，心宜善。”王氏的始祖王吉正是因为恪守前三个字，才能在险恶的官场上，顺利地渡过各种难关，从一名小吏一跃成为朝廷重臣。

说话之前，一定要在脑子里面过滤一遍。要想清楚，话一出口，会给自己和他人造成什么样的后果。

不得不说的话，应该怎么说，也要讲究方式方法：能少说，绝不多说；能慢说，绝不快说；能软说，绝不硬说。管住嘴，你就赢了。

02 生气，冷静3分钟

生活中，难免遇到一些不顺心的事。学会控制情绪，不要任由火气冒上去。人在生气时，行事很容易变得冲动。这时候说的话、做的事，只能伤人伤己。

王阳明平定宁王之乱前，很多老将对他不服气。时常围在军营外面百般谩骂，寻衅闹事。王阳明稳坐帐中，丝毫不为所动。他表示：“愤怒之类的偏颇情绪，人心之中怎么会没有呢？而动怒控制不住，便会过了度。”

控制愤怒最好的方法，是舒缓。与其事后悔恨，不如让自己冷静三分钟，等情绪缓和些再做决定。

在日常小事上，刻意磨炼自己，学会控制情绪，时间长了，看问题就不会那么偏激；学会冷处理，才发现原本想不通的事，根本不值得你生气。

03 遇事，提前3分钟

《礼记》中有言：“凡事预则立，不预

则废。”做任何事情，一定要有提前量。事先准备好才会成功，没有准备就容易失败。一旦养成迟到的习惯，到头来吃亏的一定是自己。

张良在下邳时，遇见一位谈吐不俗的老人。老人对张良说：“五天后的早上，你来桥上见我。”张良五天后按时赴约。可他没想到，老人来得比他早，已经等他很久了。老人见了张良，训斥道：“跟长者约定，也敢迟到？五天后早些来见我！”说完，老人就头也不回地离开了。

又过了五天，张良一听到鸡叫，就急忙赶去赴约。这次，老人见张良来得这么早，满意地点头。拿出一本书交给张良，就是著名的《太公兵法》。张良仔细研读这本书，最终成就了一番事业。

凡事提前三分钟，是对别人的一种尊重。能给人留下好印象，让人看到你的真诚。这样的人，无论走到哪里，都会受人欢迎。

凡事提前三分钟，也是对自己的一种负责。给自己预留出缓冲的时间，不至于手忙脚乱、丢三落四，哪怕遇到突发情况，也能够从容应对。

甄语录 不要被内心的恐惧左右，而要被内心的梦想引领。

时间才是黄金轴

□王安忆

我有时候会去看戏，觉得戏文中对时间的处理很有意思。

比如《四郎探母》里的一折《坐宫》。夫妻俩在台上，整整一场戏，其实就是很简单的一件事：四郎晓得他母亲来了，就在附近扎营，他想去看看母亲，不知能不能得到公主的帮助。一句话可以讲完，却要演一场戏，这段时间究竟是怎么打发的？

公主问他，你好像不开心，为什么不开心？她就开始猜。第一猜：是不是我母后（母亲）对你不好？他说不是，岳母对我恩重如山。第二猜：是不是我们夫妻不和谐？他说也不是，我们夫妻很恩爱，根本没有不和谐。她再一猜：你是不是在青楼里有什么放不下的？他说我从来不去那种地方。第四猜：是不是想纳妾？还不是。她这一猜也是一逼，将事情逼到了高潮。他不得不交代自己的身份，他其实是杨家的儿男，金沙滩一战大败，他做了战俘，被她家收作女婿——于是，夫妻二人就要面对巨大的伦理挑战，忠义如何两全，戏剧性地展开了。

戏文是一种时间的艺术，因为它是叙述性质的，必须一句话一句话地进行，所以是在一个时间流程里。我们要遵守我们的限制，将不可叙述的转换为可叙述的。

我们能做很多事情，但也有很多是我们做不到的，做不到的就不要去做。

甄语录 自律的要素之一当然是坚持。没有坚持，自律就没有生根、发芽的土壤。

自律者胜

□游　游

曾国藩有句名言，叫“群居守口，独居守心”。“群居守口”好理解，就是人多的时候不要乱说话；“独居守心”解释起来稍稍需要费点儿力，关键是如何对“守心”做出准确的诠释。不妨先看看三位名家是如何做到“守心”的。

定居上海后，鲁迅养成了这样的习惯：每天早晨孩子准备上学的时候，他才上床休息，中午吃一天中的第一顿饭，下午出外办事或接待来访的客人，这种应酬经常要持续到晚上。客人走了，家人睡了，鲁迅拧亮台灯，开始一天的读书、写作。这样的生活，鲁迅一过就是十年，一直延续到其去世。

当代诗人、学者冯至曾经担任西南联合大学的德语教授，并从1941年春开始翻译并注释《歌德年谱》。他从西南联大外文系图书室借用了40卷本的《歌德全集》。那时，他下午进城，第二天早晨下课后上山，背包里常装两种东西，一是在市场上新买的菜蔬，二是几本沉甸甸的《歌德全集》。用完这几本，就调换成那几本。就是在这样艰辛无比的生活中，冯至不仅注释了《歌德年谱》，还比较系统地阅读了歌德的作品。

曾国藩喜欢写日记。刚入京时缺少恒心，一个月写日记的时间只有十多天，过了段时间变成了二十多天，再后来，他每天都会写，一坚持就是数十年。他的日记里是不是都记载了惊天动地的事呢？不是。比如同治七年（1868年）四月二十三日的日记里写道：“早饭后清理文件。见客，坐见者二次。习字一纸，围棋二局。许缘仲来久谈。批校《山谷诗集》。中饭后阅本日文件。小睡片刻。王少岩等来一坐，李眉生、庞省三先后来一坐。酉刻核批稿各簿。傍夕小睡。夜核信稿七件。二更三点睡。”这样的内容完全称得上是鸡毛蒜皮，在一些人看来记不记都无关紧要。曾国藩之所以要下这样的功夫，一方面当然是因为怕日后忘记相关的事情；另一方面是为了培养自己的毅力，算是一举多得。

那么，这三位名家的行为背后，有没有更深层的含义呢？你想到了什么呢？我想到的只有一个词：自律。

自律的要素之一当然是坚持。没有坚持，自律就没有生根、发芽的土壤。但坚持与自律还不是一回事。某人每天吃完晚饭必去小区麻将室跟人打牌，是一种坚持；某人喜欢打电子游戏，上班都要偷着玩，同样是坚持，但它们没有资格被称为“自律”。所谓自律，一定是将自己推向积极的、有正向价值的一面。这一面的底色正是守心，心正则言正行端。于是自律、守心才形成牢不可破的统一体，用来成就人、鼓舞人。

自律、守心都源于忧患意识。鲁迅、冯至、曾国藩这样严格要求自己，同样是由于他们心怀忧患，有一种守心的境界。定居上海的鲁迅起初没有固定工作，需要以一支笔养家，因此，他才会每天深夜去孜孜写作；西南联大条件非常艰苦，不抓紧时间根本不可能做学问，冯至这样用功只是“与时俱进”；曾国藩素有澄清天下之志，而在晚清，想要成事，非有惊人的意志不可。故能看出，守心可以促成自律，自律能化解忧患成事。

说到这里，你应该已经明白，“独居守心”其实就是“自律者胜”，是一个人成才成事的必备品质。

甄语录 时间就是生命，空耗别人时间，无异于谋财害命。

是时候了

□[美]玛丽安·丹·鲍尔　译/陈　赛

在某个冬末的夜晚，你是不是也曾被一个奇怪的声音吵醒？就像这样——啪，咔，嗒，然后是，咔啦，咔嚓，再接着，咔嚓嚓！

如果你听到过这个声音，我敢肯定，你会从床上跳起来，悄悄溜到门边，到院子里去看一看……泥土，消融的雪，在夜色里摇晃的树木。哦，当然啦，还有那只大熊，它就站在院子中央。

“是时候了，跟我来吧。”它会说。

“是时候干吗了？”你正想问，但那个声音又来了，这次，要更响一点儿。

啪，咔，嗒，咔啦，咔嚓，咔嚓嚓！

于是，你决定跟着大熊去看一看。手拉着爪，爪牵着手，就这样，你们俩出发了。

“是时候了。”树枝上的花蕾低声吟唱。

“是时候了。”微风轻轻地附和。

“是时候了，是时候了。”大熊也喃喃自语。

“对啊，是时候了。”地洞里传来野兔的声音，它揉了揉冻得发抖的鼻子，“我也跟你们一起吧。”

啪，咔嚓，咔嚓嚓！

“就在那边！”你说，“好近啊，大熊，你听到了吗？”

大熊只是抬了抬脑袋，“是时候了，不是吗？”

“当、当、当然，”松鼠回答，“既然是时、时、时候了，我能跟、跟、跟你们一起去吗？”

啪！哗！咔嚓！

“哦，”大熊说，“现在真的是时候了！”

刚出壳的小鸟探出头来，喳喳叫着：“听说时间到了！我也可以来吗？”

然后，就在这时，啪，咔，嗒，咔啦，咔嚓，咔嚓嚓！

是春天！春天终于来了！

甄语录 “认识你自己”对我们一般人来说，真是太难理解了。可是，“认识你的时间”是任何人只要肯做就能做到的，这是通向贡献和有效性之路。

柳比歇夫的时间管理法

□佚　名

苏联昆虫学家柳比歇夫有关于时间的一句名言：“人最宝贵的是生命。但是仔细分析一下这个生命，可以说，最宝贵的是时间。因为生命是由时间构成的，是一小时一小时、一分钟一分钟累积起来的。”柳比歇夫在短暂的一生中取得了丰硕的科学成果，发表了70多部学术著作，内容涉及昆虫学、科学史、农业遗传学、植物保护、进化论、哲学等诸多领域。

很多人觉得，他好像活了很多辈子一样，这些惊人的成就得益于他的时间管理法。

从1916年元旦开始，26岁的柳比歇夫便开始实行一种“时间统计法”。他每天都要核算自己的时间，一天一小结，每月一大结，年终一总结，直到1972年他去世的那一天，56年如一日，从不间断。让我们看看柳比歇夫是怎样进行时间统计的：

乌里扬诺夫斯克。1964年4月7日。分类昆虫学（画两张无名袋蛾的图）——3小时15分。鉴定袋蛾——20分。

附加工作：给斯拉瓦写信——2小时45分。

社会工作：植物保护小组开会——2小时25分。

休息：给伊戈尔写信——10分；读《乌里扬诺夫斯克真理报》——10分；读列夫·托尔斯泰的《塞瓦斯托波尔纪事》——1小时25分。

基本工作合计——6小时20分。

从这一天的日记里我们可以看出柳比歇夫是按照“地点—日期—工作任务—耗用时间”来记录一天的工作时间，并对当天的基本工作时间进行合计。

柳比歇夫将工作分为两大类，第一大类是基本工作，也是最富于创造性的工作，包括中心工作（写书，搞研究）和例行工作（看参考书，做笔记，写信）；第二大类工作包括做学术报告、讲课、开学术讨论会、看文艺作品，不属直接科研工作的活动都包括在内。他每天只合计第一类基本工作的时间，每个月月底再将这个月的基本工作时间加起来，每月一小结。

请看柳比歇夫的每月小结是怎么做的：

基本科研——59小时45分

分类昆虫学——20小时55分

附加工作——50小时25分

组织工作——5小时40分

合计136小时45分

柳比歇夫每年年终还要进行年度总结和自我分析、自我研究：效率有什么变化，什么没有完成，为什么……除了年度总结，每过5年，柳比歇夫还会把干过的事分析一通，做个总的鉴定。

一天有24小时，事实上人们真正用于工作、学习的时间只有几小时，像柳比歇夫这样惜时如金的人一天至多能干七八小时。我们总在惊呼时间不够用，但是每天在一些琐碎的事或杂事上浪费了大量的时间，而这一点恰恰不易被我们察觉。柳比歇夫用他的时间统计法对所消耗时间的记录进行分析，来正确认识自己的时间利用状况，并养成管理时间的良好习惯。

时间统计事实上是对计划进行总结，是制订下一个计划的基础。柳比歇夫在完成对当月的总结后，就为自己制订下一个月的计划；在完成对当年的总结后，就为自己制订下一年度计划。除了年度计划，柳比歇夫还将一生的时间制订成一个个“五年计划”。

对于时间管理，除了时间统计法，柳比歇夫还有5条时间守则：

1.我不承担必须完成的任务；2.我不接受紧急的任务；3.一累马上停止工作去休息；4.睡得很多，一天10小时左右；5.把累人的工作同愉快的工作结合起来。

美国管理学大师德鲁克所著的《卓有成效的管理者》中有这样一段话：“‘认识你自己’这句充满智慧的哲言，对我们一般人来说，真是太难理解了。可是，‘认识你的时间’是任何人只要肯做就能做到的，这是通向贡献和有效性之路。”柳比歇夫正是通过时间统计法，认识了自己的时间，成为一名卓有成效的科学家。

甄语录 天时不如地利，地利不如人和。

100人×1天>1人×100天

□黄小凡

一幢房子，100人用1天可以建成，那么是不是1人用100天也能建成呢？单从数字上来看，是成立的。但实际情况是，100人用1天建成的房子，1人莫说用100天，就是花上一辈子也难以建成。为何？因为建一幢房子，需要不同的工种，如泥瓦工、木工、电工、管道工等，而一个人不可能样样精通，包下所有的工种，而且建一幢房子，有的环节，需要多人合作，靠一个人是无法完成的。所以，100人×1天>1人×100天。

从以上这个不等式来看，对事物起决定作用的，不是时间，而是人。而人成功的关键，不是单打独斗，而是合作共赢。

甄语录 习闲成懒，习懒成病。

“摸鱼”理论

□青 丝

“摸鱼”是一个意蕴很风雅的词，会让人愉快地想起在家乡的小河里摸鱼捞虾的童年时光，或由词牌名想到写“更能消、几番风雨”的辛弃疾，“问世间，情为何物？直教生死相许”的元好问。可是到了现代，成了工作偷懒、不肯勤力做事的隐喻，也令原有的雅意和旨趣逊色不少。

不过，“摸鱼”倒是以一种诙谐的方式，道出了人类需要从更积极的角度，看待自身懒惰的那一面。有经济学家发现，人与生俱来的懒惰习性很难被改变，想要始终保持专注的工作状态，只有两种结果，一是短时间内实现，二是没有任何功效。

包括许多非常理性的人，都是“摸鱼”的高手。被赞誉为“美国契诃夫”的雷蒙德·卡佛，就坦承从没喜欢过工作，人生目标永远是得过且过。

于是问题也随之而来，如何才能激活人的工作动力，又与懒惰的天性共处？经济学家总结出了一个“诱惑捆绑”理论，建议通过增加活动乐趣使人更享受活动。如健身时，一边运动一边听有声书，人们坚持的概率就会更大。用到工作上，就是让人适当“摸鱼”，劳逸结合。

就像港剧中，那些大公司总有下午茶时间，让员工饮茶吃点心，平时也让人到茶水间喝杯咖啡、抽支烟小憩。过去我很羡慕这样的人性化管理，却不知道其意义。反倒是古人更懂得让人适当“摸鱼”的道理。据《清稗类钞》中记载，清代武将李某积军功转任巡抚，因整天看戏被谏官弹劾。

李某上书解释，自己一介武夫，没读过书，看戏可学到很多礼节和历史知识，看到好人就学习，看到坏人就警诫自己，到任后也没有因为看戏耽误过公务。雍正看到思路如此清奇的“摸鱼”理由，知道没必要过于求全责备，遂下旨特批他看戏。

但是，人只要有退路，就很容易为自己的行为找借口，如何调和“摸鱼”与尽职之间的矛盾冲突，还得看当事人的内心有没有上进的真实意愿。心理学家荣格从小在瑞士乡村长大，11岁的时候，第一次去到大城市巴塞尔读书，同学大多来自有钱家庭，吃的穿的玩的，都是他之前从没见过的，令荣格既羡慕又自卑，心气一下子颓了。恰好有一次他与同学吵闹，被对方推倒，头撞在了石头上，受了点小伤，于是借机“摸鱼”不上课。

此后他凡是想要“摸鱼”，就假装晕病发作。荣格做牧师的父亲非常担心，请了很多医生来给他治病，自然都治不好。直到有一天他无意中听到父亲与人对话。父亲叹息说，也不知道儿子得的是什么病，仅有的积蓄为了给他治病都花光了，如果他因为这个病以后不能自己谋生，余生就很难了。原本冥顽不灵的荣格听了，顿时一激灵，彻底醒悟过来，明白了自己的处境。从此他不敢再“摸鱼”，晕病再也没有发作过。至于后来的故事，大家都知道了。

数年前，一个移居美国的朋友返乡探亲，邀约众人叙谈。他供职于一家全球500强企业，公司的电脑每隔30分钟就会自动重启一次，让员工起身活动一下，伸伸懒腰，看看窗外远处的风景。上班时间健身也是受公司鼓励的，只要完成工作，玩多久都没人管。这就是运用了“诱惑捆绑”的管理方式：公开鼓励“摸鱼”，员工身心愉快，既能为公司省下可观的医疗支出，也大大提高了工作效率，因为低尽责性的人在这样的环境中很容易被甄别出来。

不过说一千道一万，“摸鱼”最重要的一点，就是只有在成功的情况下才为人们所称许，失败了则一无是处。就像马克思，若不是写出《资本论》广为人知，人们就会用他“摸鱼”的经历作为反面教材，教育那些“不够努力”的人：看！这就是你们的前车之鉴。

甄语录 如果你下午四点钟来，那么从三点钟起，我就开始感到幸福。

如果你下午四点来看我

□杨　槐

如果你下午四点来看我，我早上七点就起床。半小时用来洗脸、刷牙、洗头发，半小时用来剃须、擦鞋、整理着装。早饭只喝水果粥，养胃，还能唇齿留香。

九点阳光灿烂的时候，我就搬一把椅子，坐到太阳底下看书。读几篇小说，勾勒情节，或者读几首诗歌，酝酿意境。困顿的时候，我就听歌、打盹儿、发呆。醒来修剪指甲，看看天空，看看云朵。

如果你下午四点来看我，我从一点就开始激动，什么也干不了。我坐一会儿腿麻，站一会儿头晕，哼一首歌跑调，写几个字歪斜。

如果你下午四点来看我，我三点就去门口迎接。我跟过往的人群打招呼，顺便通报你来的消息；跟卖烤红薯的大姐闲聊，向每一辆停下的车致意。

如果你下午四点来看我，这一天我就什么都不干，虚度光阴，静静地等你。即使上一次分别，只是在昨天。

甄语录 如果你想要实现什么目标，而那个目标看起来并不容易实现，那么，最好的方法，就是把自己放在一条定速的轨道上。

掌握时间轨道的赢家

□吴淡如

如果你偶尔看看房地产广告的话，那么，你一定会看到，最大的利多，就是某个本来偏远的地方，号称在两年后地铁就会通车。

房地产专家也通常会告诉你，有地铁的地方房价上涨得快，在步行10分钟可到地铁的距离内的房子，就算不会涨，也能够“抗跌”。

其实，全世界都一样，距地铁步行10分钟内的房地产，大部分价格都是连年上涨。

你也应该发现，一个地点，如果没有地铁，只有巴士，即使巴士再多，它的增值度也绝对不如地铁。

为什么？

这就是“轨道”的问题。

人们信任轨道，信任“时间表”。固定，是一种保证，让人安心。就算有高速公路四通八达，但因为有“塞车”的疑虑，发生人为事故的概率也比较高，所以人们的信任感较低。而且，我们也喜欢“定速”。定速让人更感安心。

如果你想要实现什么目标，而那个目标看起来并不容易实现，那么，最好的方法，就是把自己放在一条定速的轨道上。

如果你想要学好语文，每天就念一页，也胜过一天念了10页，却常在几天之内就偃旗息鼓的拼命三郎。

这就是所谓的“循序渐进”。也是我们小时候读的“龟兔赛跑”蕴含的道理。

没天分，没关系，就当一只每天爬个不停的乌龟吧。当然，如果你是一只努力不懈的兔子，那么，你有比乌龟更好的条件可以征服巅峰。

世界上，有些道理是共通的。

比如减肥。如果你每天稍微少摄取一点儿热量，做一点儿消耗能量的运动，那么，至少在一个星期之后，你可以看见自己的腰围稍微变小些。减肥最怕爱立志的刚猛之士。

如果你立志在一周内减下10千克，用了各种狠招，那么，就算你成功了，人类的惰性反扑也很刚猛，你大概在一个月内会胖得比你减下的更多。

把自己放在轨道上，每天定量完成一些。

我曾经看过一位世界著名作家的叙述，对他而言，写作是一种瘾，因为已经是经年累月的习惯，不写些什么的话，他一天都觉得难受。就算是肠枯思竭，他也会企图填满一张摆在眼前的稿纸，就算是写上“我今天真的不知道要写什么”也好，说来也奇怪，只要开始写，他就会有灵感了。

就算是大家觉得很“不修边幅”或“不按牌理出牌”“不受常规限制”的艺术家或作者，如果他不想在中年还感叹怀才不遇的话，也得在自己设定的轨道上前进。

日本著名作家村上春树就是个好例子。他也跑马拉松，每天早晨，天未亮就起床了，开始跑步。他曾说，跑步是为了锻炼身体，让自己可以一辈子写下去。

我相信，人在从事高心肺功能的训练后，脑袋也更清明。每天早上跑步结束，他开始写作，每天至少写满10张稿纸。

写作当然会遇到瓶颈，有时写的心血可能在第二天决定作废，但是持续本身就是能量的泉源，总有一天那个瓶颈会消失于无形。

这不只是艺术创作者成功的秘诀，事实上，所有白手起家的创业者，之所以能够创业，靠的也是每日持续前进的力量，靠着这种力量，王永庆从米店伙计变成了塑料王国的创立者，而李嘉诚从叫卖的小贩变成富甲天下的商人。

他们都不是只想“赌一把”的赢家，而是每天扩展一点点的赢家。

甄语录 有时我们做得不够好，并非因为不勤奋。

每一刀的敬畏

□李晓燕

宋仁宗时，洛阳有位年轻人很喜欢玉雕。他练习的石头用了一堆，作品仍不够精巧。一天，他听说来了位雕刻大师，连忙上门拜访，希望大师能为他解惑。

听完年轻人的诉说，雕刻大师问：“平时你练习雕刻都用石头？”“当然，只是练习，何必浪费。”大师说：“从今以后，你用玉练。”年轻人不解：“练习时，半途而废是常有的事，用玉岂不可惜？”大师摇头道：“你之所以雕不出满意的作品，关键在于你的态度。用石头做练习材料，固然便宜，可正因便宜，你每下一刀，便少了一分谨慎；而用玉做雕刻材料，正因为贵，你下刀之前，都会冥思苦想。这两种练习材料，哪种会使你精进呢？”年轻人顿时大悟，最终成为洛阳有名的雕刻大师。

有时我们做得不够好，并非因为不勤奋，而是因为缺了一份“这就是最终作品”的敬畏。

甄语录 所有的失去，都会以另一种方式回归。

学不会“断舍离”的人，很难过好这一生

□婉 兮

我曾是个严重的恋物癖患者，具体表现是买买买和囤囤囤。甚至连买蛋糕带来的一个塑料袋，都觉得它会派上大用场，必须叠整齐塞进抽屉待用。

我还收集了什么怪东西呢？穿旧的衣服、用坏的手机、初中的课本、高中的练习册……终于有一天，我在四处翻找衣服时对自己忍无可忍，决定给家里来一番彻彻底底的大扫除。为了治疗自己的病症，我甚至在开动之前特意想出一套“断舍离”计划：

断=不买、不收取不需要的东西。

舍=处理掉堆放在家里没用的东西。

离=舍弃对物质的迷恋，让自己处于宽敞舒适、自由自在的空间。

用了两天时间，我清理出了将近10袋垃圾。屋子亮堂宽敞时，心情似乎也焕然一新，我好像明白了那句话：“要提高生活品质，就要学会定期扔东西。”

经济学中有个名词，叫作机会成本。

意思是你面临两种选择，它们都可以为你带来效用，当你放弃A，那么A所带来的价值权益，就是B的机会成本。

有个朋友的朋友，毕业就被父母逼着考了公务员。他志不在此，却在就业压力下低了头，辛辛苦苦地考了两年，最后才进了乡镇的机关单位，做了一个普通科员。

干了四年，工资不高不低，活儿也不轻不重。正当他在温水中不知不觉地沉沦时，却无意中接触到了紫陶，从此一发而不可收，犹如发现新大陆。

这种手工艺品费时费力，成品精美雅致，也卖得上价。他爱得不行，想方设法抽出空来拜师学艺。

三年后，价格和销量为他的成功提供了最直接的证明。

辞职的想法开始冒出头来，但也左右摇摆。编制和紫陶事业就如同鱼和熊掌，二者皆我所欲，却不得不舍弃其中一个。

最后，他把体制内的一切福利待遇，当作了追寻梦想的机会成本。这一舍一得间，放弃了安稳舒适，却成就了一个陶艺大师。

学不会放弃的人，通常纠结困惑，在两个选项间左右摇摆，最后鸡飞蛋打，一事无成。

“舍”其实就是另一种形式的“得”。

毕竟机会成本中是需要有两者互为依托

的，只看在你心中，哪一个更重。

村上春树不善社交，喜欢一个人自得其乐。他的生活简单得不可思议：四五点钟就起床，煮一壶咖啡，坐在电脑前开始写作，一写就是四五个小时。

到了下午，便外出跑步或游泳，然后读读书，听听古典乐和爵士乐。

晚上9点钟，上床睡觉。日复一日，年复一年，把生活过成了单调而重复的清修，与世俗认知里的知名作家大相径庭。

可他认为：“我能感受到非常安静的幸福感。吸入空气，吐出空气，呼吸声中听不出凌乱。”

他很少大张旗鼓地出现在媒体的聚光灯下，平日里深居简出，把不必要的社交活动都减去，只留下对自己至关重要的那部分。比如写作、跑步、音乐、旅行……倒让人想起一句话：“每块木头都可以成佛，只要去掉多余的部分。”

这个繁忙喧嚣的现代社会，最不缺的就是乱花迷人眼。我们身处繁复，简单和专注反而成了奢侈品。一双眼睛随波逐流，忘了初心、改了本性。

不如去掉不太重要的那部分，为你真正在意的人和事留出时间和空间，人生是一个不断得到又不断失去的过程，二者的平衡，便意味着选择和取舍。

所有的得到，都以失去为代价。但所有的失去，都会以另一种方式回归。

你无法放弃，无非是不知道自己究竟要什么。

试问这样的人，又该如何过好这一生？

甄语录 古之立大事者，不唯有超世之才，亦必有坚忍不拔之志。

逐鹿者不顾兔

□范一直

如今这世上越来越充满诱惑。莺歌燕舞、灯红酒绿，各种五花八门的享乐，足令“意志薄弱者”目迷五色，心旌飘摇。面对铺天盖地的诱惑，保持静若止水的心态，一以贯之地执着于高远的追求，显得越来越难。“逐鹿者不顾兔”（《淮南子》）之古训，在不少人那里已蜕变为“见兔而忘鹿”。

“逐鹿者”一旦认准目标，总是沿着既定方向前行，有“执着如怨鬼”的坚韧和“猛志固常在”的刚毅。真正的“逐鹿者”经得起各种考验和诱惑，能抵御形形色色的“花拳绣腿”和“糖衣炮弹”。

鹿兔两端可比作根本目标与眼前实惠的关系。首先心中有“鹿”，其次心无旁骛。“板凳甘坐十年冷，文章不写一句空。”如以逮到几只“兔子”为满足，大可不必坐冷板凳十年。但像范文澜主编的多卷本《中国通史简编》之“鹿”，不坐十年冷板凳，无从“逐”得。

甄语录 任何一个具有“向上看”心态的人，即使最终没有走到顶点，也很难下跌。

全力以赴是成功最好的名字

□黄助昌

英国管理学家廷克曾说过：“如果你处于第二的位置，就总想全力以赴争夺第一。”此话因为言简意赅而被称为“廷克定律”。在廷克定律中，“第二”并非问题的关键，强调全力以赴的激情才是问题的关键。

任何一个具有“向上看”心态的人即使最终没有走到顶点，也很难下跌——这才是廷克定律的真正含义。

石油大王洛克菲勒曾路过两家理发店，他发现这两家店面积差不多，老板都是二十几岁。第一家理发店里放置了一些消遣性杂志，以供等待理发的顾客阅读；第二家理发店里除了放置这类杂志，还有一些专业性的美容美发时尚杂志。洛克菲勒见此情况，预感第一个老板已经将理发当作终生职业，第二个老板只把理发当作临时性职业。十年之后，洛克菲勒重游此地，果然不出所料，第一个老板还在那家理发店里理发，第二个老板则已经创立了引领洛杉矶时尚的著名美容连锁店。

“我是否全力以赴？”你可以经常性地反省自己，扪心作答。如果回答是肯定的，曙光就在前头，青春知道去处；如果回答是否定的，沼泽就在脚下，人就困在路途。人唯有不断发问、暗示、激励自己，才可能释放自身蕴藏的巨大能量，理想才可能有一个好的归宿。擎着理想的火把，执着地追求，像追日的夸父，在知识的国度里长征。关山难越，我们越；江河难渡，我们渡。

在我们的基因里，应该有“舍我其谁”的气度。我们要用青春的绿枝拨开蔽日的浓雾，用青春的膂力撞碎横亘的愁苦，让笑声响遏行云，让足下熠熠生辉！

甄语录 一次只盯一个目标，心无旁骛地追逐到底，才能成就人生。

每次只盯一个目标

□张志兴

看《动物世界》时，我总有一个疑问：狮子、猎豹在追逐野牛、角马的时候，为什么只盯着一个猎物不放？在追逐的过程中，身边明明就有悠闲吃草的猎物，如果改变目标，去追捕身边的猎物，岂不是更容易成功？但狮子、猎豹总是一根筋，从不改变策略。直到我读到一个故事，才有所悟。

美国人史密斯参加一场军事比赛，要在规定时间内互相躲避和追击，“击毙”人数多者胜出。比赛开始后，史密斯立即对躲在大树后的艾伦发起了攻击，艾伦极力躲避。追逐中，史密斯发现了好几个躲在暗处的学员。艾伦本以为史密斯会顺手“杀”那些人，没想到史密斯只盯着艾伦不放，直到将他“击毙”。艾伦不解地问：“很多人与你只有一步之遥，先‘杀’了他们不是比对我穷追不舍有效得多？”史密斯摇头道：“我们追逐时消耗了很多体力，而其他人一直在躲藏，以逸待劳，所以继续追你才是最佳选择。”在剩下的比赛中，史密斯每次也只追一名学员，最终取得了优异成绩。而很多学员不停地改换目标，最终累得筋疲力尽，却一个也没追上。史密斯最后进军商界，创立了全球最大的快递企业。他的经验之谈是“一次只盯一个目标，心无旁骛地追逐到底，才能成就人生”。

我终于明白了狮子、猎豹的做法。它们之所以紧盯一个猎物不放，是因为在追逐的过程中，双方都消耗了体力，越是坚持下去，对方就越体力不支，就越可能成功。而且，狮子、猎豹对猎物往往都是经过精心选择的，一般选择年老体弱伤病等容易捕获的个体作为目标。但如果临时改换目标，猎物的体能状况就无法准确判断，若以体力已有消耗的自己，去对付养精蓄锐的对手，成功的概率就很小了。

每次只盯一个目标，持之以恒，坚持不懈，永远是成功的重要途径。

甄语录 如果你管住了自己，就可以拥有更多的自由。如果你管不好自己，就只能被现实左右。

曾国藩的日课

□王　珊

曾国藩出生在湖南的一个小地主家庭，考了七次才进了翰林院成了一名七品小官，自此变成曾家五六百年来第一个与功名打交道的人。

一直到做官的第七年，曾国藩在京城都不算忙碌。他在家书里向家人讲述自己每日的工作，说要为人写对联条幅、要款待来借钱的应试举人，还要接见门生、应酬待客，言语中有一些失落。曾国藩是有大志向的人，早在中科举之前，他就写过诗抒发自己澄清天下的志气：“竟将云梦吞如芥，未信君山铲不平！”

曾国藩在翰林院担任的职位，要整天与皇帝、大臣打交道。但翰林院的官员并无实权，薪资俸禄与其他官员的比起来非常低。因为俸禄少，又没有实权，曾国藩没少尴尬。有一次，曾国藩的妹夫因为考运不好多年没有功名，又跟妻子关系不好，就来京城投奔曾国藩，希望他能够在翰林院为自己谋个书写的杂事。曾国藩将妹夫在京城留住了三个月，最终还是将他打发回家，他是实在无力安排和帮忙。

换作另外一个人，也许就向这样的生活妥协，选择碌碌平庸一生了。曾国藩却不曾放弃过对自我的提升和完善，并在30岁的时候给自己立了一个目标，即“学做圣人”。曾国藩给自己定了圣人的几个标准，其中一个是立“坚忍不拔之志”。曾国藩想了一个方法来磨炼自己，即每天做“日课”。

从起床那一刻起，曾国藩就时时刻刻监督和提醒自己的一举一动，每天临睡前他还会用楷书写日记，回忆一天的言行，然后进行深刻的反省。他还要求自己每天读史书十页。然而，一个人日积月累的习惯是很难改变的。比如有一天他去朋友家为其母祝寿，结束后本来打算回家学习，结果被朋友拉去下棋。他下了一局，又旁观了一局，心里就有两个小人在打架了，一个说索性放纵一次，一个则提醒他许下的各种诺言。最后他赶紧回家，并在晚上的日记中反省了自己。

在家书里，曾国藩将这种方法介绍给了他几个弟弟，并将自己的日记抄给他们看。他在信中告诉几位兄弟，做事一定要有恒心。他在家书里给兄弟们举了自己戒烟的例子。他说自己戒烟第二天寝食难安，彷徨无主，坚持了一个月之后，他觉得自己能够戒掉了，两个月后则认为不抽烟已经成为一种习惯。他以戒烟这件事勉励兄弟们做事和做学问，“凡人做一事，便须全副精神注在此一事，首尾不懈。不可见异思迁，做这样，想那样，坐这山，望那山。人而无恒，终身一无所成”。

甄语录 谁也不是先知，无法预测未来。

选择喜欢的，后悔的概率会小一点儿

□简　白

表妹本科毕业，收到了三份offer（入职邀请），一份是美国D大的，一份是上海某外企的，另一份是本校的保研通知。

三喜临门，她却愁眉不展，成天盘算着去哪一个地方，前程会更光明。

留在本校，等研究生毕业，出来工作，这样的文凭还是很受认可的，但似乎少了一点儿挑战。去D大，则充满挑战，可能会有完全不同的人生，但会发生什么难以估量。至于去外企看起来就现实多了，既然要出来工作，晚几年倒不如早几年，这些时间足够升职加薪，比读研划算。

“所以，究竟要怎么选择才是正确的？”表妹跑来问我，我一时有些为难，因为她问的是正确的选择。

这让我想起了三个交情不错的朋友，大学毕业后分别如表妹的备选项，走上了不同的道路：出国留学、工作、国内读研。L是国内读研的那位，本科专业念的是药学，考研的时候毅然决然报了汉语言文学，如今在一家传媒集团做记者，收入尚可，关键是她热爱自己的工作。她的一个同事B就是直接出来工作的，目前的岗位比L高了几级，也在那家传媒集团，B也很满意，觉得没有读研是对的，利用这几年在职场上拼搏，平台更广了，职位也有了相应的回报。

至于那个出国留学的朋友C，过得最逍遥自在，一年前买了一辆车，近来又在父母的资助下在当地有了一套房子，她毕业后找的工作很不错，报酬高，假期多，令人羡慕。

她们的选择都不同，看起来都很棒。可是，此之天堂，彼之地狱。

对L来说，若没有经过研究生的阶段，根本不会找到自己热爱的工作。对B来说，若当时选择去读研，还不如早点工作挣钱，在职场上扎根。而C的逍遥自在，也跟她是我们所有人中最独立、最坚强、最有自制力有关。换作别人，未必受得了初到异国他乡的寂寞和不适。

所以，哪个选择才是正确的，很难讲。人生总是会有遗憾，因为人生是一条单向的线，没有回头路可以走。所有选择都是有成本的，都要付出代价，没有人能预测未来。

“虽然每个选择都有好处与坏处，都有需要付出的成本，我们无法估量成本与收获，但是我们可以选择自己最喜欢的事啊！哪怕日后真的因为这个选择过得不如意，因为喜欢，后悔的概率也会小一些吧。”

谁也不是先知，无法预测未来。什么样的选择才叫正确的呢？

那只能是听从自己内心的选择。

甄语录 不会休息的人，就不会工作。

心有常闲

□朱光潜

一般人以为，多延长工作的时间就可以多收些成果，比如说，一天能走一百里路，多走一天，就可以多走一百里路，如此天天走着不歇，无论走得多久，都可以维持一百里的速度。凡是走过长路的人都知道，这算盘打得不很精确，走久了不歇，必定愈走愈慢，以致完全走不动。我们走路的秘诀，“不怕慢，只怕站”，实在片面。

很多人做事的通病就在怕站而不怕慢，慢条斯理地不死不活地望着挨，说不做而做着并没有歇，说做并没有做出什么成绩来。许多事就这样因循耽误了。不讲效率，就要落后。以同样的时间去做同样的工作，休息过的比没有休息的效率大得多。

世间有许多过于苦的人，满身是尘劳，满腔是杂念，时刻都为环境的需要所驱遣，如机械一般流转不息，自己做不得自己的主宰，呆板枯燥，没有一点人生之趣。这种人在事业和学问上都难有真正的大成就。

我们需要时间工作，更需要时间对所做的事回头看一看。在紧张的生活中，我们“车如流水马如龙”地向前直跑，不留下一点时光做一番静观和回味，岂不是浪费生命！

我生平最爱陶渊明在《自祭文》里所说的：“勤靡余劳，心有常闲。”而现代人的通病是“勤有余劳，心无偶闲”。

甄语录 余生很长，请留点时间陪伴家人和自己。

偷　闲

□洪巧俊

弗里德曼说，在加速变化的时代，我们要学会暂停。

如今生活节奏越来越快，在都市里你会看到匆匆的脚步，看到加班的灯火，他们无法学会停步。也许有人说，在这加速变化的时代里，他们无法暂停，停就被别人赶超，停就面临着淘汰。

这是年轻人的想法，而当你年过半百，真的要学会暂停，或者说偷闲。比如双休日，关掉手机，去和家人远足，只是尽情地玩耍。

把时间留给家人和自己，别等只有在病床上，才有属于家人和自己的时光。

克服拖延，

重塑习惯升级人生

甄语录 “按时看日出”，是生命健康与生活积极的一个标志。

按时看日出的人

□王开岭

上世纪的一个黎明，在巴黎乡下一栋亮灯的木屋里，福楼拜在给最亲密的女友写信：“我拼命工作，天天洗澡，不接待来访，不看报纸，按时看日出……”

“按时看日出”，我猝然被这句话击中。

一位面壁写作的世界级文豪，一个如此吝惜时间的人，却每天惦记着日出，把再平常不过的景象当作一门必修课来面对……为什么？

我竭力去想象、去模拟那情景，并久久地揣摩、体味它——刚刚苏醒的树木，略含咸味儿的风，玻璃般的草叶，潮湿的土腥味儿，清脆的雀啾，充满果汁甜香的空气……还有远处闪光的河带，岸边的薄雾，怒放的凌霄，绛紫或淡蓝的牵牛花，那蛋壳般薄薄的静……从词的意义上说，黑夜意味着“闭合”；而日出，则象征着一种“绽开”，意味着你的生命画册里又添置了新的页码，你的体能电池又被新的热量所充满。

黎明，拥有一天中最纯净、最清澈、最让人激动的光线，那是生命最易受鼓舞、最能添置信心和渴望的时刻，也是最能让青春荡漾、幻念勃发的时刻。像含有神性的水晶球，它唤醒体内某种沉睡的细胞，使我们看到远方的事物，看清了险些忘却的东西，看清了梦想、光阴、生机和道路……迎接晨曦，不仅是感官愉悦，更是精神体验；不仅是人对自然的欣赏，更是大自然以其神奇的力量作用于人的一轮撞击。它意味着一场相遇，让我们有机会和生命对视，认真地打量自己。

它意味着一次洗礼，一个被照耀和沐浴的仪式；一个人在给自己的生命举行升旗仪式！

与福楼拜相比，我们又是怎样过的呢？在一个普通人的生涯中，有过多少沐浴晨曦的体验？

我们创造过多少这样的机会？

或许只有寥寥几次吧，比如某个刚下火车的早晨（可能是怎样的疲惫和不情愿啊），或偶尔登山观景之时。而更多的人或许一次都没有！一生中的那个时刻，我们无不蜷缩在被子里，在昏迷，在蒙头大睡，在冷漠地打着呼噜——第一万次、第几万次地打着呼噜！

放弃早晨，意味着什么呢？

意味着你已被遗弃了。意味着你所看到的世界是“旧”的，和昨天一模一样的“陈”。仿佛一个人老是吃经年发霉的粮食，永远轮不上新，永远只会把新的变成旧的。意味着不等你开始，不等你在起点，就已被抛至中场，就像一个人未谙童趣即已步入中年。

多少年，我都没有因光线而激动的经历了。上班的路上，挤车的当口，迎来的已是煮熟的光线，中年的光线。

即使你偶尔起大早，忽萌看日出的念头，又能怎样呢？

都市的晨曦，不知从何时起，早已变了质——高楼大厦夺走了地平线，空气中老有黏黏糊糊的感觉，老有挥之不去的汽油味儿，即使你捂起了耳朵，也挡不住出租车的喇叭声……没有纯洁的泥土，没有旷野远山，没有庄稼地，只有牛角一样粗硬的黑水泥和钢化砖。

所有的景色，所有的目击物，皆无水洗过的那种鲜艳与亮泽、那种蔬菜般的翠绿与寂静……你意识不到一种“新”，感受不到婴儿苏醒时的那种清新与好奇，即使你大睁着眼，仍觉像在沉沉的昏睡中。

从这个意义上说，福楼拜比我们幸运得多。

“按时看日出”，是生命健康与生活积极的一个标志！它不仅代表了一种生存姿态，更昭示着一种热爱生活的理念，是一种生命哲学和精神美学。

甄语录 宜未雨而绸缪，毋临渴而掘井。

我不拖延，但“提前症”也让人头痛

□赵可一

毕业旅行出发那天，小晴和朋友微微闹得有些不愉快。她们乘坐的是下午五点从昆明飞往上海的航班，小晴坚持中午出发，微微却希望吃完饭睡个午觉再去机场。最终僵持不下，同住一个宿舍的两人只好按照各自的想法，分道扬镳。

中午一点，小晴已抵达机场，她提早的心理预设是：“路上堵车怎么办？机场排队怎么办？万一有什么意外，需要花时间处理……”小晴独自在机场等待了两个多小时后，终于见到了微微的身影。“时间来得及，那么紧张干吗？你只在路上吃点面包，然后又无聊地坐几小时，何必呢？”微微的这番话让小晴陷入了沉思，“虽然提前让人安心些，但确实也搞得自己很紧张，正常的节奏有点乱了。”

生活中，不少人都有过“拖延症”，并对他人能提前完成任务心生羡慕。“能提前做完的都是大佬啊！”然而，正如小晴一样，一部分偏好提前的人也有自己的烦恼，受到“提前症”的困扰。

还没到期末，大三学生嘉琳正按十天一次的频率书写着她的任务清单，空白的页面很快就布满了排列整齐的待办事项，每个事项最右侧都标注了两个截止日期，前一个是客观需要完成的截止日期，后一个是嘉琳为自己单独设定的截止日期：“1.提交《行政伦理学》课程论文，4月23日—4月11日。2.投递暑期实习简历，4月25日—4月12日……”明明是还有近半个月才截止的事情，为了提早完成，她都自动提前了不少。嘉琳曾因为家中有事处理一番，一篇论文耽误了三天。为了把进度赶上，她推掉了许久未见的朋友的邀约，又用了一个通宵，才终于完成，而那时距离真正的截止日期还有十天。

很多亲戚朋友知晓嘉琳这一习惯，都夸奖她是个自律的女孩。然而嘉琳深知，这份自律的产生并不全然是美好的体验。她坦言：“谁想那么累呢？我只是控制不住自己，事情没做完就一直反复想，干什么都不踏实。”还有一次和同学去泰山看日出，嘉琳把所有事都提前安排妥当了，但凌晨五点到山顶时，她突然看到一封老师发来的邮件，让她帮忙校对一份5000多字的文档。“老师并没说当天必须做，但我一打开，神经立刻紧张起来，再也没心思玩了。只好立刻操作。日出的那一刻，别人都在拍照，而我开着电脑在校对，真的太扫兴了！”尽管提前规划可以让生活井井有条，但当变化突如其来，规划中的美好时刻也可能“灰飞烟

灭”，让“提前症人士”特别沮丧。

自媒体“好奇心日报”曾发布过一个调查，“日常中的哪些时候让你会有‘提前症’？”网友们给出的答复各异，“能自己独立完成、不需要社交的事情，就会提前办”“坐飞机或赶火车，一定会提前两个钟头到”，等等。跟“拖延症”一样，“提前症”也引发不少人共鸣。

有时候，“提前”不光是自己的事，也会影响到与人合作。从事互联网行业产品工作的阿智，将提前视为准则。通常需要两三个月才能上线的产品交到他的手中，一个月内就能迅速上线，他也因此被称为“效率达人”。虽然阿智“单兵作战”效率很高，但在和同事合作时，却容易发生矛盾。“我是产品岗，经常要和做运营、开发的同事对接。每当和他们沟通时，我都是第一时间给出反馈，并且希望大家能尽快推进。但总有同事比较慢，经常催促对方，又会发生争执，无法开展下一步行动，让人很烦躁。”在职场中，“提前症”加速了成果产出，但是不同步的“时差”也造成了沟通障碍。

对于“提前症”现象，中国心理学会CPS临床注册系统注册心理师李初曦评价说：“无论是‘拖延症’还是‘提前症’，这两种状态并非心理障碍，先不要简单归类为某种‘病症’，它们是人应对焦虑的一种防御方式，在适应性方面都有各自的优势和劣势。

“‘拖延症’具有逃避性质，它实现的是最终激发式的完成，而‘提前症’相比较而言，看上去会更有力量感，给人一种‘靠谱’的感觉。”

“提前症”有益于处事速率，但他们该如何缓解自己的焦虑？李初曦建议，“‘提前症’归根结底是渴望增加掌控感，减少不确定性，我们可以试着提高自己容忍不确定性的能力，以面对困扰。比如，向亲人倾诉你的感受，从依恋关系中获得情绪安抚，得到信任感与确定性。”

除此之外，还需要理解并接纳自己的焦虑，跟情绪共处，正视那些无力改变的时刻，而不是排斥情绪，否定自我。“如果‘提前症’所谓的负面影响我们可以接受，那也可以与它和平共处，不去改变。”

无论是“拖延症”还是“提前症”，都是我们依靠本能找寻到的缓解焦虑情绪的表现，也是探索和调整自我的行为方式。任务清单上打个钩，就会让自己变得轻松。假如打钩感到疲惫，那就歇一歇，眺望窗外，也未尝不是一种内心治愈SPA（水疗）。

甄语录 人生不要光做加法。在人际交往中，经常减肥、排毒，才能轻轻松松地走以后的路。

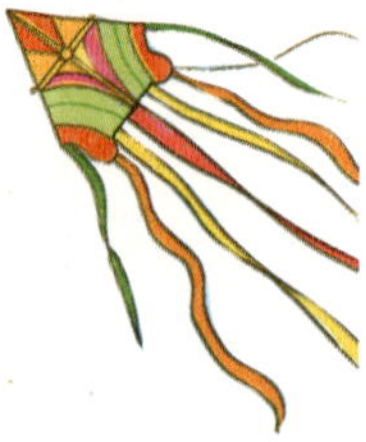

“管理”自己

□狄　青

我是从什么时候开始变胖的？已经记不清了。当然，我的胖，在许多人眼里或许还算不得“真胖”，但我自己清楚，我已经比十年前重了至少10千克。好在我倒没有因此感到焦虑不安，因为在我的印象里，男人到一定年龄胖一点儿亦属正常。我当然知道身体发福对一个人健康的危害，却还是总爱和人抬杠说：“瘦子难道就不得病吗？去医院排队挂号的瘦子也不在少数啊。”真正令我变焦虑的倒是人们对某个人身材的衍生看法。就比如你身体发福了，那就说明你没有做好身体的“自我管理”，至少是没能做到“管住嘴，迈开腿”，而之所以你管不住自己，原因说来也简单，那便是你还不够自律。

我们每个人的身体，貌似是属于我们自己的，实则却难说真正是属于我们自己的。它不光属于你的家庭、你的爱人和孩子，也属于你服务的工作，属于你追求的事业。但在当下，我发现，我们的身体更“属于”他人的目光，属于外界对我们身体的社会化检视——一个体形不够“标准”的人不仅与“美丽”无缘，还会被认为是一个缺乏自我管理能力的人。

我曾想给自己订一个饮食计划，比如每天摄取多少克蛋白质，获取多少卡热量，但想想还是算了。你可以说我不自律，但我觉得，任何标准化饮食配伍都是针对群体的，其实每个人都是不同的个体，保持身心愉悦比保持体形标准理论上更重要。我的一个朋友曾被生拉硬拽去听过一堂免费“减肥课”，之后每天都会接到打算卖给他减肥药的人的电话，就连新开业的健身中心都不知道如何搞到了他的电话。那时，他对我说：“我感觉全世界都比我自己更关注我的身体。”

中国与世界一样，同样经历过“以胖为美”“以瘦为尊”的不同阶段。在中国古代，也不仅是唐代，包括宋元时期，一个人胖，往往会得到他人尊重，女人更是以丰腴为美。在欧美中世纪，胖意味着健康、富有和权力。这其实也好理解，在中外历史上，频繁的饥荒和战乱导致人的温饱都成问题，只有官僚和富人才能“敞开了吃”，而人们本能地会向往那些拥有权力的人所过的富裕生活。

记得上学时，有篇课文写到作家萧伯纳身材瘦长。在某次晚宴上，一名身体肥胖的富翁嘲笑他道：“萧伯纳先生，一见到你，

我就知道目前世界上正在闹饥荒。”而萧伯纳的回答无疑透着机智，他说：“一见您，我就知道世界上的饥荒是如何造成的了。”

同样的例子还发生在安徒生身上。安徒生常戴一顶破旧的帽子，有一次，一个肥胖的富翁嘲笑他道：“你脑袋上的那玩意儿是个什么东西，能算是帽子吗？”而安徒生毫不客气地回敬道：“你帽子底下那个玩意儿是什么东西，能算是个脑袋吗？”

而在塞万提斯笔下，堂吉诃德是个“年近五旬，体格健壮，肌肉干瘪，脸庞清癯，每天起得很早，喜欢打猎”的贵族；换言之，堂吉诃德是个瘦子。而跟着他四处游荡的农民桑丘是个胖子——不但出身贫寒，而且目光短浅。桑丘的最大功用是每当堂吉诃德陷入伟大的、带有理想主义幻想的时候，胖子桑丘就会毫不留情地戳破这一被理想主义包裹的泡泡——那不是巨人的胳膊，那只是个风车；那是群羊，不是全副武装的军队……堂吉诃德无疑是理想主义者，重精神，口腹之欲非其所好；而桑丘重世俗，被塞万提斯描写成“馋鬼、饭桶”，是衬托堂吉诃德“高大形象”的。

我就不解，为何在萧伯纳与安徒生那里，他们怼的富翁是胖子；而在塞万提斯这里，农民桑丘也是个胖子，这难道就不是一种“脸谱化”吗？这些人为什么就不能是瘦子？

我小时候，身边有好几个绰号叫“胖子”的同龄孩子，在我印象里，他们有个共同特点——憨厚。即使常被人取笑，也不恼。而在那个年代，家家吃的东西都差不多，谁想多吃一块肉也不易，他们的胖怕是只与遗传基因相关。

说起来，我倒是更喜欢法国大作家左拉的“减肥方式”，他是用改变生活环境来“重塑自我”。他从繁华的巴黎来到乡下隐居，每天半天写作，半天参加农耕劳动。在巴黎，他的体重是100千克，腹围114厘米，可他才48岁。几年的田园生活下来，令他的精神与身体“焕然一新”，请看下面左拉自己的记录：1888年年初，100千克；1888年圣诞节，88.2千克；1889年5月，76千克；1890年6月，75.5千克，以后基本稳定在75千克左右。从这一记录可看到，从1888年年初到1890年6月，一年多里，他的体重就减轻了近25千克。

但问题来了，我们有多少人有勇气像左拉一样，放弃大都市繁华的生活与体面的工作，去乡下做一个与自然和泥土对话的农民呢？

甄语录 我希望花慢慢落，父母的头发慢慢白。

拨停尘世的钟

□白音格力

在城市里，也能见到蛛网，甚至能见到网上被捕住的小飞虫，但极少见到蜘蛛织网的全过程。因为我们的脚步大多是匆匆忙忙的，我们甚至都很少发现一张蛛网，更别说看蜘蛛如何一根丝一根丝地织就天罗地网。

我在我的山间小院里看到过一次。蜘蛛好似早就运筹帷幄，哪一根丝织在何处，哪一根丝如何勾连，都极具精工巧匠之能事，而且驾轻就熟，井井有条。

而后，蜘蛛就在大网边上，安静地等。它等的是生，也是死。

十几年里，我不知行走了多少山林，看过多少张蛛网，但我知道，有关蛛网的一个发现，我说出来，很多人肯定不会相信：在山林中的蛛网上，你极少能发现网住的猎物，甚至看不到一截小飞虫的翅膀，而网上多见的，竟然是一片叶子，或一朵被风吹落的花。

可以说，我时常见到山中蛛网上网着的自然风物，比如一个空茧，一粒带羽毛的种子，不细看，见不着蛛网，只看到它们停在半空，有着叫人惊叹的美。

那一刻，好似时间停止，空茧自枝上落下，至半空，停止不动；种子飞翔，一瞬间，停在半空，戛然而止。居山中，足可拨停尘世的钟。

我有时会看着这山间蛛网，禁不住想，这网，好似网住了时间。

想想，我们的一生何尝不是在织着自己的一张“网”？有人看重“关系网”“人情网”，便紧锣密鼓，千丝万缕，织得密密麻麻，生怕有一分疏漏，通过这张网，他们希望网住的无非是金钱、名利、地位；当然并非人人都那么势利，有些人心中，更看重“亲情网”“真爱网”，他们愿意为一个“情”字而自投罗网。

如果我们都有一张网，我希望我能网住时间，拨停尘世的钟。我愿意慢一点儿，希望这世间美好的事物，都能逃过时光的四面埋伏。我希望花慢慢落，父母的头发慢慢白；我希望等一个人，慢慢靠近，爱一个人，慢慢变老。

甄语录 学习，要做到博众家之所长，集群英之荟萃，并将它们转变成属于自己的东西。

当流星划过时，你来得及许愿吗

□安福双

有一个美丽的传说，看到流星马上许愿，就可以实现心中的愿望。可是，爱科学的我们，不免要较个真儿：从看到流星到流星消失，一共会持续多长时间，够不够我们许一句话的心愿呢？

许一个心愿，一般需要10至30个字，也就是3至10秒。比如，我希望全家健康幸福。那么，流星从天空中出现到消失，可以持续3秒以上吗？

先来了解一下究竟什么是流星。在星际空间，有很多细小的物体和尘粒，叫作流星体。流星体一般是围绕太阳运动的。但是，在经过地球附近时，受地球引力的作用，流星体会改变轨道，进入地球大气圈。它们飞入地球大气层后，跟大气摩擦，产生光和热，最后被燃尽。我们在夜间看到的天空中的一条光迹，就是流星。如果流星体没有燃尽，就是陨星。

可见，决定流星持续时长的主要因素有：

第一，流星的体积和重量。流星的体积越大，燃烧的时间越长；体积越小，燃烧的时间越短。我们肉眼能够看见的流星，直径在0.1厘米至1厘米，重量一般在0.06毫克至1克。一般情况下，流星进入大气层的速度在11千米/秒至72千米/秒。

第二，流星进入地球的角度。这个角度可能是垂直的90度，也可能是倾斜的30度、60度。以垂直90度进入的话，因为路径短，持续时间也会短，这时候流星的速度超过70千米/秒；以倾斜角进入的时候，持续时间会相对长一些。当然，流星还可能平行进入地球，此时持续时间最长，速度约为10千米/秒。

第三，大气层情况。显然，大气层越厚，流星的阻力会更大，速度会很慢，可以“慢”到小于1千米/秒，但是也和一颗射出的子弹的速度差不多。

现在我们可以计算了，流星的平均速度为40千米/秒，从海拔120千米的高空掉落到80千米的高空，距离是40千米，假设流星是以垂直90度进入地球，刚好持续时间就是1秒而已。

看来，愿望简短有助于实现，愿望多了可能就不灵了。不过，如果流星以倾斜角进入地球，就有可能持续2秒左右。或者，流星的体积有鹅卵石那么大，就有可能持续3秒钟以上，甚至超过10秒。

记住，下次看见流星，最好许一个4字以内的愿望，时间低于1秒，这样实现的概率比较高哦。

甄语录 光辉的人生中，一个忙碌的钟头，胜于无意义的人生的一世。

日本写作咖啡店，专治拖延症

□佚　名

日本有不少特色主题咖啡店，但为“赶稿”而生的写作咖啡店倒是头一次听说。这家坐落于东京高圆寺的“原稿执笔咖啡店”一开张便在社交媒体上蹿红。

“原稿执笔咖啡店”于今年4月份开始营业，吸引了不少人前去打卡消费。因为大家都有类似情况：当截稿日期临近，身为“拖延症患者”还是忍不住看电视、玩手机、打游戏，对这样的人来说，这家咖啡店可谓“大救星”。

和普通咖啡店不同，“原稿执笔咖啡店”并非人人都可以去消费，店主规定仅限以“赶稿”为目的的消费者，例如书籍写作、写剧本、画漫画、翻译作品或是写论文等人群。这家咖啡店规定没有赶稿需求的人不能入场，其理由是“为了维持店内的紧张感”。在店内，所有用户都处于被截稿期限所迫的紧张状态，简单地说，这里就是“目标清零强制设施”，其可怕之处就在于不达成目标不能离开。

这家店不大，从外面看并不起眼，里面只有13个座位，但配置了高速无线网络、电源以及USB插座等。店里坐满了客人，所有人都对着电脑不停地敲着键盘，偶尔还能听到店外电车通过的声音，非常有工作氛围。店内的客人都是来赶稿的，所以整体气氛很紧张，使人更容易把精力集中到工作上。店里的咖啡和红茶可以自助饮用，也可以自由携带食物，觉得饥饿时，还可以点外卖到店里吃。

店长在接受媒体采访时表示，开业第一天到咖啡店的客人，都在此完成了工作，一身轻松地离开咖啡店。客人在进店时需填写“工作目标”，例如目标是“写3000字的专栏文章，时间3小时”，店长每小时都会过来“监督”进度，赶稿者也要事先选好“轻度”“普通”或者“严厉”等级的提醒，若是没有达成目标就无法离开这家店，给人的感觉就像小学时，不完成背诵任务就被老师要求不能回家一样。该店店长在开业第一天就在推特上说：“没有截稿时间的人无法入场！为了维持店内的紧张感，请大家理解和协助。”

“原稿执笔咖啡店”采取的是不定期营业，去之前需要在网上了解营业时间，营业日是13时至19时开放，18时以后就不能入场了，在营业时间内写不完稿件的话不能离开。因其奇葩规定引发关注，这家店的生意很火，经常处于满员的状态，想来这里甚至需要提前一两周预约。

这里的收费标准是每小时300日元，费用并不高，最长可使用6小时。如果没有完成工作，可以以半小时为单位续费，每半小时150日元。但需要注意的是，超过19时后，费用会大幅增加，如19时至20时，每小时费用为1000日元，20时至21时，每小时1500日元，21时至22时，每小时2000日元，收费最高的是23时到次日凌晨5时，每小时收费3000日元。因此，费用的压力也迫使大家赶紧完成任务。

甄语录 成大事不在于力量的大小，而在于能坚持多久。

你的自律终会让人望尘莫及

□温姬拉

作家严歌苓在接受媒体采访时，被问到作品高产的原因。

她坦言，每天坚持写作两小时。

哪怕是去旅行，也会写作。

因为旅行带着电脑，常常需要找能坐下写字的地方，朋友们在讨论下一个景点去哪里时，她只关心下一个地方远不远，能否及时到达，会不会影响今天的写作。

坐车时，别人都在看风景，她在写字。

朋友问她，不写会死吗？

她苦笑说，不写会死。

严歌苓觉得写作是发自内心的一种欲望，不写的话，就好比一天里缺了一顿饭或一个觉。

此后，约她去旅行的朋友少了，而敢约她去旅行的，必然习惯旅途中也带着写作欲望的她。

除了从不间断每天写作两小时，她还保持着长跑的习惯。尽管年过五十，她依旧身材窈窕，面庞清秀，有着旺盛的创作力。

这种近乎自我苛求的自律，让她几乎三四个月就能出一本小说，这种产量让她自己都惊讶。害怕因为太快完成，被人质疑内容质量，她不得不把完成的小说“压一压”，几个月后再给出版社。

她的作品产量和质量成正比，大量作品被名导演相中，改编成影视作品，搬上银幕。甚至，很多作品还没完成，就被著名影视人买下版权。

从1979年发表处女作小说《七个战士和一个零》以来，严歌苓迄今共创作22部长篇小说、24部中短篇小说（其中的英语版本多是她个人再创作，而不是翻译），还有其他无数剧本和散文，她获得的荣誉更是数不胜数。

这些金字塔顶端的光芒，积累于一个作家每天两小时写作的坚持，源于“不写会死”的强大自律。

甄语录 没有个性，人类的伟大就不存在了。

史上最牛强迫症患者

□史壳郎2号

晚睡强迫症、搜索引擎依赖症、不刷朋友圈会死症、外卖在敲门幻听症……这些强迫症貌似是现代人的专利，其实不然，强迫症患者，古已有之。

据历史同人小说《三国演义》中记载，诸葛亮生擒孟获数次，每次都觉得抓的姿势不够帅，就又给放了回去，直到第七次才满意，妥妥的完美主义者啊！

三国最强大脑组合中的另一位——周瑜，对音乐有审美洁癖，每当他发现曲调有错误，就会对演奏者进行眼神挑逗。即使喝高了，席间演奏稍有错音，也瞒不过他的耳朵，所以当时有个梗——曲误套路周公瑾。

有人沉迷音乐，不能自拔，有人推敲文字，掏空身体。贾岛是个重度文字控患者，“僧推月下门”一句，用“推”或“敲”，他纠结来，纠结去，最后还拉上韩愈一起推敲。推敲事件仅是贾岛犯强迫症案例中的一例，说起来都是泪，曾经整整三年，贾岛大脑皮质上都在循环滚动播放“独行潭底影，数息树边身”字样的弹幕。

理科生沈括是强迫症癌晚期患者，作为《梦溪笔谈》的作者，他秉持严谨的科学态度，不时写些学术论文举证。举几个例子，比如司马相如在《上林赋》中写道“荡荡乎八川分流，相背而异态。……东注太湖……”原意指灞水、浐水、泾水、渭水等八条河都汇入了太湖，沈括看到后，表示这是睁着眼睛说瞎话，八条河汇入的明明是黄河。

再比如白居易在《古柏行》中写道：“霜皮溜雨四十围，黛色参天二千尺。”沈括又不乐意了，他指出40围相当于直径7尺，即两米多点，一棵直径两米的树居然赛过了金茂大厦，并且没倾倒，白居易妥妥在吹牛啊！

米芾是经过ISO9001质量认证的洁癖达人，他洗手有专门的银器——水斗，洗完后，嫌毛巾脏，通过甩手甩干。客人离开后，他就吩咐童子把客人坐过的垫子擦干净。有位年轻人，姓段名拂字去尘，他觉得叫这个名字的人好爱干净啊，就把女儿许配给了段拂。

有一次，他的鞋子被别人误拿了去，归还后，他就拼命刷，直到把鞋子刷坏为止。后来也因为类似的事倒了大霉，作为主持宗庙祭祀的官员，他嫌皇帝赐的祭服前人穿过，就拼命洗，直到褪色为止，结果因这茬事被罢官了。

元朝翰林学士畅师文也是重度洁癖患者，他让童子挑水，只喝前桶，因为他担心童子在挑水途中放屁，讲真，咋就不担心童子打喷嚏？或者换肩挑呢？

他饮食极挑剔，只吃亲手做的食物，用的薪柴必须长短一致，甚至葱都要切得一样大。他对枕边人的要求更是大写的严，他前妻是个白富美，因为有次睡前忘了洗澡，他竟然用冷水把前妻泼醒！

说完元朝，再来说说清朝。乾隆一天不作诗，就浑身难受，有人统计过，乾隆一生作诗43630首！他活了89岁，假设乾隆打一出生就会作诗，平均下来每天也有1.3首。

作诗也罢，反正没一首列入语文课本，但他还是个盖章狂魔，凡看到好的艺术作品，砰砰砰，数个章就盖上去了。

王羲之的《快雪时晴帖》，只有红框中的部分是王羲之的原帖，其他均为乾隆的题字、盖章。其实想想乾隆也怪可怜，自己写不出上乘的书法，只好对着书圣的摹本拼命发挥了。

甄语录 我们的人生就是一条高速公路，我们人人都是司机。

该快还是该慢

□张珠容

耶鲁大学在一堂公开课上做了一个有趣的研究：多数新手买车后首次在高速公路上行驶，几乎都不是匀速开，而是变速开，跟兔子一样，左窜右窜。而当坐在车内的人提醒要注意安全时，新手司机又会为一个问题纠结不已：我是该开快点还是开慢点？

其实答案很简单：当新手的车速接近路面车子的平均速度时最安全。为什么呢？因为如果周围的车子都是兔子的速度，新手是乌龟的速度，那么他就要被追尾了，这是“慢了不安全”；而如果周围的车子都是乌龟的速度，新手却是兔子的速度，那么他就要追尾了，这叫“快了不安全”。

到底该快还是该慢？真正有经验的老司机不会光简单地说开快点还是开慢点，而是会先看看周围人开车的速度，然后调整自己的速度，让自己的车在车流中保持稳定的平均状态。

我们人人都是司机，我们的人生就是一条高速公路。在行驶的过程中，我们开得快未必就好。在相互依赖、相互竞争、资源有限的情况下，我们必须根据周围人的策略选择自己的出路，决定自己的速度。

甄语录 这个世界有好多事情，在你没有注意它时，不知不觉就发生了。

聊着聊着，花就开了

□王太生

两个人聊天，聊着聊着，花就开了。

花是什么时候开的？是昨天，还是今天；是早晨，还是晌午，他们也不晓得，反正是不知不觉就开了。

这个世界有好多事情，在你还没有注意它时，不知不觉就发生了，就像花开，这样美好的事情，蓦然让人欣喜。

聊着聊着，花就开了。花本来快要开的，只是你和别人说话时没有注意，分散了精力。

我们有好多东西没有注意，它就发生了。就像一个本来走在你后面的人，现在走在你前面；就像一个人做出点成绩，你还恍若以前，半信半疑。就拿那个老掉牙的“龟兔赛跑”来说，你没注意，或者精力、心思都没有放在这件事上时，它就发生了，并且有了结果，过程你却没有经历。

他俩当时正好站在冬天与春天的关口，一段过渡地带。两个人聊着聊着，梅花就开了。梅花是先开花，后长叶。细碎的嫣红小花儿，缀满树枝，说不上浓烈，有淡香，却是实实在在地花开一场。

聊着聊着，海棠花开了。垂丝海棠花色艳丽，花姿优美，花瓣呈玫瑰红色，朵朵弯曲下垂，如遇微风飘飘荡荡，娇柔红艳。真的如宋朝杨万里诗云：“垂丝别得一风光，谁道全输蜀海棠。”站在树下看，妖艳的垂丝海棠，鲜红的花瓣把天际都搅红了。

聊着聊着，碧桃花开了。碧桃花，绽开在路边花坛里，不知谁人所栽白碧桃，花色洁白，美若白玉；五色碧桃，一朵花有两种颜色，一半白一半红。花色由淡，到浅粉、深粉，或者红色，花瓣一层一层，旖旎动人。

聊着聊着，槐花开了。槐花一开，草木深一寸。槐花的香味，是沁入肺腑的，嗅它的花香要隔上一段距离，借风传播，让你从眼皮底下的凡俗事务纠缠中抽身出来，忽然意识到一年一度的槐花开了。

聊着聊着，楝花开了。楝花开时，细花如繁星满天，展现美姿秀色。当你还没注意时，素净芬芳的花，伴着雨丝，缀满树枝。就这样，时而有风，时而有雨，小花纷纷凋落，隔几日，楝花转瞬不见。

聊着聊着，鸽子花开了。鸽子花树就在菜场附近的小巷子内，有人在树下摆摊卖菜。枝上花序圆似鸟头，苞片洁白，硕大如翅，宛如展翅欲飞的小白鸽子。它们在风中摇动，让人感到这个世界是在动的，高低排列的花，为春末夏初铺一层底色。

花开时，没在意，也不只是在聊天。喝酒、下棋，也有这样的情形。

两人对饮，饮着饮着，芍药花就开了。两人坐在车库前，旁边有一花圃，里面种花，风一吹，纯白的芍药花就开了，开得那么蓬松，那么硕大，本来芍药只是一个含苞朵儿。这两人是老街坊，没事儿，遇上了，喝上几口，聊上几句，酒香四溢，没有别的，就图一乐，没想到，就在他们喝酒间，把注意力转移时，花就开了，开得泼泼，从不同角度看，开得一明一暗。

两人下棋，下着下着，紫藤花就开了。两人就着一副石桌下棋，石桌上方是一紫藤花架，春末，紫藤花开了，一串一串挂在头顶，开得光影重叠，香气扑鼻，两人倚着石桌下棋，没注意，紫藤花就不知不觉开了。

美妙的事，在不知不觉间就发生了。两人聊天，忘了时间的流逝，没有体察到草木的细微变化，聊着聊着，叶片就稠厚了。

聊天、喝茶、下棋……这些普通人的日常生活，很美。

这个春天，我想和朋友到山中吹风，看到那些花儿次第开了，春山如笑，我也笑。在这空寂的地方，可以穿越，做一回古人，坐在一块石头上，两人聊天，不经意间，真的是一山一山的花，都开了，开得漫山遍野。

有些时间不能浪费，有些事情不知不觉，就像两个人聊天，聊着聊着，花就开了。

甄语录 世界上有两种人，一种是有趣味的人，一种是没趣味的人。

第四种幽默

□刘世河

生活中的刘震云对幽默有其独到的见解。有记者问：“读了您的书，第一感觉是幽默，就是很有意思，那么，请问刘老师您觉得什么是幽默呢？”

刘震云答道：“世界上有两种人，一种是有趣味的人，一种是没趣味的人。在有趣味的人中，又分两类，一种人一说话你就笑；另一种人他说时你没笑，出了门你突然又笑了。回家笑跟出门笑又不一样，出门笑的是细节，回家笑的是整体。前一种人叫说笑话，后一种人叫幽默。还有第三种人，他说着说着把你说哭了，突然你‘扑哧，又笑了’。破涕而笑，啼笑皆非，说的就是这个意思。但这三种人，都不是我向往的。对于幽默，还有第四种人，他说时你没笑，事后也没笑，偶尔想起，在心里笑了，叫‘会心一笑’。这时你笑的，就不是大海表面的浪花，而是海底深处的涡流和潜流。它们的根本区别是，前三种幽默笑的是词语，是事件，幽默都在表面，如同秋风扫落叶，来势汹汹却不留痕迹。第四种幽默，它隐藏在事件深处，说的是事件背后的不同见识，就像雪山被雪覆盖着。前三种，笑完就完；后一种，保质期特别长，它能四两拨千斤。”

甄语录 成长不是屈服和平庸，而是内心渴望成长的自由，对未来人生道路不一样的坚守。

谁的理想不曾恢宏远大

□吴雨歌

我要这天，再遮不住我眼；要这地，再埋不了我心；要这众生，都明白我意；要那诸佛，都烟消云散！

熔石化甲，挥焰成袍，踏碎凌霄，放肆桀骜。

谁不曾年少，谁不曾觉得可以凭借一己之力改变整个世界？这与那只张口天下、闭口俗世的小猴子是何其相似？“若天压我，劈开那天；若地拘我，踏平那地。”我等生来自由身，谁敢高高在上。

曾经，我们都是无法无天的小猴子，有一天却不得不戴上命运的金箍。

“我要天下再无战不胜之物。”但他忽然觉得很累了。方寸山那个孱弱而充满希望的小猴子，真的是他？

在这世间彳亍前行，谁被迷了心性，自由的灵魂与那惆怅的灵魂不断碰撞，是成为那个性张扬、不拘束缚的“齐天大圣”，还是做一个向西而行的赎罪者？

你已有了选择，于是这世间：也许曾经有过那样一个我，那样地生活过，他的身影印在这个时代里。我看见他的传说。

鸿蒙初辟原无姓，打破冥顽须悟空。

纵使与世界为敌、与诸神作对，哪怕用尽最后的气力，也不放弃。

谁的理想，不曾恢宏远大。成长不是屈服和平庸，而是内心渴望成长的自由，对未来人生道路不一样的坚守。

因为我们年轻，未来有着无限的可能性，所以还是会以自己的方式，挑战约束，超越传统。哪怕是教训，也要亲身领受。

因此，如今我们依然想要，打破冥顽。不是叛逆，只是追求，希望以自己的方式——变得成熟。

甄语录 一个人只要行为高尚，不管怎样无知也会得到原谅的。

一本借了313年的书

□阿　赛

英国逾期最长的图书馆图书，在313年后终被归还。

1704年出版的《英格兰教会人的信仰与实践》一书，于近日被归还，英国媒体报道了此事。

谢菲尔德大教堂的牧师卡农说，他收到一位已故女士家人发来的电子邮件，称她在遗嘱中要求归还此书。

牧师卡农·基思·法罗在展示这本313年后被归还的书时还补充道：“这本书体积非常小。这颗‘小小的宝石’300多年前被人借走，直至今日终于回到大教堂，真是一件令人高兴的事情。”

在这本小书中有一行手写的文字：“这本书属于谢菲尔德教堂的借阅图书馆，1709年。”这应该出自当年的图书管理员之手，这也充分证明该图书馆对这本书的所有权。

这本书的价值约为300英镑（约2435元人民币），如果算上每天50便士的逾期罚款，图书馆可以向这个家庭收取超过5.4万英镑的费用。

卡农开玩笑说：“我们可能需要一个新的屋顶或其他什么，但我确实保证过不向他们收取任何费用。”

谢菲尔德市议会宣布，将取消对所有逾期书籍的罚款。

甄语录 在大多数情况下，进步来自进取心。

“斗心”难识

□于　谦

世界上最好的相马大师，即便能够看出它的骨骼、肌肉、毛色，各方面都能把它挑到顶端，但唯一挑不出来的就是马的心态。

有的马天生就是运动场上的料，它在跑的时候自己就觉得不能落在别的马后面。有时马在跑的时候被两匹马夹在中间，没有缝隙让它过，一般的马遇到这种情况，自己就停下来了。

但是这种马，就会从缝隙中挤进去把两匹马挤开，它过去。当所有的马到冲刺的时候，都跑不动最后一步了，它挤上来了。

这叫进取心，也叫斗心。这很重要，但是这个挑不出来。

甄语录 懈意一生，便是自弃自暴。

患拖延症的贾宝玉

□戴萦袅

《红楼梦》中写到，在贾宝玉的父亲贾政外放做官的三四年里，宝玉才练了五六十篇字，四书五经也没怎么好好读。这天，贾政来信说，他三个月后将进京。宝玉听说父亲要回来，还在优哉游哉地四处玩耍，他的丫鬟袭人却急了，知道他不能应付父亲的考问。

宝玉被催了之后急了起来，喊口号说，从明天起，每天要写一百个字。

宝玉的学习态度，用今天流行的话说，是重度拖延症，让人想起明代钱福所作的《明日歌》：“明日复明日，明日何其多。日日待明日，万事成蹉跎。世人若被明日累，明日无穷老将至。晨昏滚滚水东流，今古悠悠日西坠。百年明日能几何？请君听我明日歌。”

这次宝玉为了应付“审查”，临阵磨枪，王夫人和贾母看到他认真的架势，自然高兴，但也怕心肝宝贝累出病来。幸好，有贾探春和薛宝钗挺身而出，代宝玉做功课，每日临一篇字给他。

探春和宝钗自愿做“枪手”，一来是她们向来和宝玉亲厚，不忍看他干着急、吃苦头；二来是为长辈分忧。这两位姑娘，不仅言出必行，还精通说话的艺术。她们说：“书虽替他不得，字却替得的……一则老爷到家不生气，二则他也急不出病来。”

明明是宝玉骨子里懒惰散漫，并不爱走心学习，积累长久，患了拖延症。现在累着宝钗和探春。她俩既要做女红，又要帮着管家，特意抽时间为宝玉做作业，已经非常不易，嘴里还称，自己只是帮个小忙，搪塞一下，书还是要宝玉念的。这样一来，宝玉在面子上过得去。

与宝玉心心相印的黛玉，相助方式最为细腻。她本来要主持“桃花社”的诗会，却怕宝玉在紧要关头分心，只装作不耐烦。

黛玉爱诗，又十分好强，每每想要“大展奇才，将众人压倒”，如今却为宝玉，强忍诗兴。敏感的她，曾因为宝钗、湘云与宝玉亲密，颇有醋意。这次她俩替宝玉临字，她深知是帮宝玉渡过难关，并没有发脾气。而黛玉替宝玉代笔，也比其他姐妹要来得低调、体贴。宝玉正算着，再写五十篇字，就能蒙混过关了，黛玉突然派丫鬟送了一卷东西与宝玉，拆开看时，却是一色老油竹纸上临的钟王蝇头小楷，字迹与他的十分相似。

黛玉本就体弱多病，“今年比旧年越发瘦了”。大夫要她好生静养，贾母也怕她劳碌，而她却瞒着众人，劳心费神模仿宝玉的笔迹。

眼看宝玉能顺利交差，谁知，突发海啸，贾政奉旨查看账济，算来要冬末才回来，这下，宝玉的拖延症立刻复发了。

甄语录 要有所行动，然后认识你自己。

来不及，就不学了吗

□乐乐淘

“来不及，你就不学了吗？”这句话影响了我整整10年，让我受益匪浅。

高一和高二我一直是班级倒数10名，高三开始，我想努力突破一下，却不知道怎么突破，下了很大决心去学，但是觉得同学们实在太优秀了，简直无法超越。我挨个问任课老师求打气：“老师，我现在努力还来得及吗？”绝大部分老师的回答都是：“来得及。好好学。”只有历史老师，眼皮都没抬地说了句：“我说来不及，你就不学了吗？”当时挺郁闷的，但过后想想的确是这个道理。

于是我把重心转到了拼命做题上，再也不去想“来不来得及”。那一年我每天只睡6小时，拼命学习。后来奇迹真的出现了，我在第三次模拟考试中进入了班级前10，第五次模拟考试进了年级前10，后来的7次模拟考试一直在年级前50。老师和学校都很惊讶于我的进步，开始把我作为清华北大的重点苗子培养，并安插进了周末的尖子班。

后来虽然我没考上清华北大，但进了一所“985”院校，也算是给高中交了一份满意的答卷。

第二件事，练字。我以前写字特别难看，研究生第一年，我决心改变一下。已经23岁了，还能练字吗？问人，问网络，90%的答复都是晚了。

果真这样吗？我又想起5年前历史老师的那句“我说来不及，你就不学了吗”，然后我就报了一个硬笔书法班，煞有介事地跟一群10岁的小朋友做起了同学。风雨无阻地练了一年的字，每天两小时从未间断过。一年下来，我提笔就是新练的字体，很快就被校研究生会的老师发现，调去做了校研究生会的书记员。后来考公务员的时候，一手好字给了我很大优势，让我从一百多人中脱颖而出。

工作逐渐稳定下来，我又琢磨着学点儿什么。我挺喜欢听钢琴的，现在能不能学学？可是我已经28岁了。问人，问网络。99%的回答，晚了。

我想想，今年30岁，学到40岁也学了10年了。50岁的时候也能弹点儿像模像样的曲子了吧？现在不学，50岁还是什么也不会。

然后我又想起了那句“我说来不及，你就不学了吗”。我找了个老师，研究了一下钢琴型号，租了台钢琴就学了起来。老师同期带的学生大都是五六岁的孩子，我又成了年纪最大的学生。

有时候越是想得多，越是不能成事。听多了旁人的言论，什么都没做就开始怀疑自己，真的不应该。不要太注重无关紧要的看法，认准目标就静下心来做，总会有结果。

甄语录 读得太快或太慢，都将一无所获。

怎么读透一本书

□唐宝民

常有朋友向我询问关于读书的诀窍，以及怎样才能把一本书读透。我没有什么诀窍，把一些粗浅的见解写下来，与大家共勉。我认为，可以按照以下几步去做：

第一步，看书的简介和作者的简介，由此对这本书有一个大概的了解。书前面的导读和序言，对全书内容及作者进行了全面介绍，把这几页读完，就能对全书有一个大概的了解，在此基础上再对正文进行阅读，相对来说就容易了。

第二步，看书的目录，以便了解全书的结构，了解某一章、某一节的主题内容，这样阅读起来，就能做到心中有数、有条不紊了。

目录可以看作各章的精华，是提纲挈领、简明扼要地对文章内容进行解说，我们仔细读了之后，才能清楚作者的整体思路，知道他在书中先谈什么、再谈什么，如是阅读起来，就畅通无阻了。

第三步，阅读正文。在阅读的过程中，有两点非常重要：第一是要手不离笔，左手翻书，右手拿笔，遇到感兴趣的素材，或认同的理念，或存疑的地方，就把这些内容标注出来。因此，读书不但要眼到、心到，还要手到，所谓不动笔墨不翻书，就是这个道理。第二是要边读边思考，读书重在思考，只有经过不断的思考，才能从书中找到自己想要的东西。若读到某一段，产生某种感悟，可以把它写在书页的空白处，这样，一本书读完后，读书过程中所思考的问题，就被完整地记录下来。

第四步，读完全书以后，再从头到尾把这本书翻一遍，以便加深印象和理解。我管这种方法叫反刍式读书法，是受牛的启发，牛在吃草的时候，大口大口地吞咽，到了晚上，再把吞进肚里的草反回到口里，重新把它们嚼碎、咽下，这种现象叫作反刍。这样可以进一步消化、理解全书的内容及思想。

第五步，把书中画线的部分整理到全书的第一页空白处（也可以整理到一张纸上），记住哪一页应该记住的内容是什么，比如“胡适写诗”，就是说第38页记载着与胡适写诗有关的事。索引的标题一定要简明扼要，自己看得懂就行。这样一来，全书的重点就以索引的方式整理到了一张纸上，过后查阅起来就非常方便了。

第六步，写一篇读后感，记录你在阅读这本书时的整体思考，这样能进一步加强对这本书的理解。读后感不必统一形式，也不必要求字数，可长可短，随意写就可以。

甄语录 静下心，规划好，完成小目标，才是真正的学霸进阶之路。

学习需要小目标

□庞田玥

我上高三时，有一次在校园里遇到一个穿着高一年级校服的男孩子，步伐矫健，眼神坚定，手里拿着一本书，封面上大大的几个字吸引了我的注意力：怎样上北大。我悄悄地笑了，我曾经也是这样的呀！

可以说，经过高中两年多的洗礼，在高手如云的战场上摸爬滚打，我再也没有了初入高中时的锋芒和锐气，更不会像当初那样整天把清华北大挂在嘴边。相比高一时的自己，我显得成熟了一些，我的目标不再是某所缥缈在云端的大学，而变得无比实际且接地气。

小到一节课、一天，再到一周、一个月，我都有各种各样的小目标。

比如，这节数学课，我的小目标就是弄明白一道圆锥曲线的典型例题，以后就可以触类旁通；今天的晚自习，做完老师布置的作业之后，因为本周的英语小测成绩不太理想，我想训练一下英语阅读，那么做一套阅读题就是我今天的小目标；马上就要期中考试了，我觉得应该开始复习一下了，接下来的一周，我准备整理一下各门课的错题集，正好一天整理一门课；地理是我的弱科，要慢慢地提高才好，那就每天抽出10分钟到20分钟做一点儿题目，温习一下老师上课讲过的内容，争取用一个月，从60分考到70分以上……小目标最大的好处就是，它们非常灵活，随时可以根据实际情况和个人需要做调整。今天的空闲只有十几分钟，那就做一篇英语的完形填空；如果有40分钟，就可以做一整套的阅读题。我的一些同学喜欢一次性制订很多天的学习计划，而我是不推荐这样做的，因为计划赶不上变化，层层相扣的计划很容易因为中间某一次的中断而被全盘打乱，就像推倒了一块多米诺骨牌引发的连锁反应一样。所以，我每天都会根据当天的学习情况，花两三分钟定下这一天的小目标，写在一张便利贴上，贴在课桌上，每完成一项，就在那一项的后面打上一个钩，如果下晚自习的时候全部完成了，我就会特别有成就感和满足感，回家之后奖励自己一点儿好吃的。

然而，因为大多数时候我都完成了当天的小目标，所以基本上每天晚上10点钟以后都会吃掉很多诸如薯片、巧克力、小蛋糕等高热量食品，所以高中毕业之后圆得像个气球一样也就不足为怪了……梦想是要有的，但梦想是飘在空中的，抓不住，没办法落实到日日夜夜的学习当中来。所以我们在梦想之外，还需要小目标，就是这样一个个不怎么起眼的小目标，帮助我们一步一个脚印地向前走。搭起一级级台阶，从地面，慢慢通向云端之上的梦想。

甄语录 洞悉未来，有时需要的就是不持偏见的态度。

天才的眼睛

□明前茶

世间最天才的眼睛，不仅可以看到过去，更可以洞悉未来。克劳德·莫奈就有一双这样的眼睛。今天，在巴黎圣拉查尔火车站候车室的走廊上，依旧装饰着莫奈在1877年多幅神作的复制品。如果你凑近观察真会大吃一惊：莫奈画的就是身边这个老火车站！

画面上，徐徐驶入车站的蒸汽机火车头喷出了浓浓烟雾，看上去如同猛兽的可怕的鼻息。这幅画的画风，实在与140多年前巴黎人孱弱、纤细的审美有着巨大的反差。为了画出火车进站的逼真场面，莫奈换上他最华丽的衣服，挽起他著名的花边袖子，不经意地露出他闪闪发光的金纽扣。他递给圣拉查尔火车站站长一张名片，像亚瑟王一样居高临下地声称：“我是画家克劳德·莫奈！”

站长被他的气派震慑，竟然不敢提自己根本不认识他，于是莫奈恩赐般地宣布自己的决定：“我本来一直在犹豫，究竟要画你们车站呢，还是北车站。但我最后觉得，还是你们车站更有气质。”站长受宠若惊，在他的权力范围内为莫奈创造了令人瞠目的便利：停下几列火车，清出场子，让成为主角的那列火车塞满煤炭，以制造出巨兽喷鼻式的烟雾。

他描绘工业时代的蒸汽机火车头，逼真地描绘出玻璃穹顶下阳光与烟雾混合的迷离效果，既梦幻，又是那么粗粝铁硬的现实。他至少画了七幅作品，来表现圣拉查尔火车站那粗犷强悍的美。那喷涌的烟雾，机车的轰鸣，似乎有一头巨兽呼啸而过，吞噬了当时洋溢在画坛上的软绵绵、光洁无瑕的画风。“将来，巴黎人的卓越见识，将由这些肮脏丑陋的火车头带动。”莫奈对好友雷诺阿这样预言。事实证明他有一双超越偏见的眼睛，他说得没错。

甄语录 智者创造机会，强者把握机会，弱者等待机会，愚者错过机会。

高概率和低概率

□侯美玲

泰德·威廉斯是棒球史上极其优秀的棒球手，他的击打率在四成以上。对于为什么能有如此高的击球率，威廉斯并没有遮遮掩掩，向世人分享了自己的击球技巧。在威廉斯看来，棒球击球区域可以划分为77个，当球进入理想区域时挥棒击打，就能保证四成以上的击打率。如果勉强去击打位于边缘位置的球，击打率会下降到三成以下。也就是说，为了保存体力并取得最好成绩，威廉斯只击打高概率球，对于低概率球一律放弃。

威廉斯的技巧既富含科学道理，又有实践经验做支撑，但还是遭到了一部分人的质疑。想象一下，球场上有上万名观众在呐喊助威，球员是站在那里等待高概率球，还是挥舞球棒击打飞来的每个球呢？真实情况是，为了不让观众觉得球员“懒惰”“没用”，大多数球员选择了后者。

以色列经济学家阿扎尔对足球门将扑点球做过统计：当门将待在中路时，扑住点球的概率为33.3%；而扑向左路和右路时，扑住点球的概率分别为14.2%和12.6%。照此统计来看，罚点球时，门将最应该待在中路。可实际情况是，只有6.3%的门将选择守在中路，剩余93.7%的门将会根据自己的判断左右出击。

通过心理因素分析，阿扎尔认为，一旦站在球场上，门将很容易被周围的气氛感染，对高概率一说置若罔闻。对他们来说，表现神勇显得更重要。

威廉斯说：“要想取得高击打率，根本不需要打每个球，只击打高概率球就可以了。”也就是说，我们只需耐心等待好球出现，然后发力一击就可以了，完全没必要不管青红皂白地胡乱挥棒击打。可在现实生活中，又有多少人能从容地面对低概率球呢？

甄语录 时间是由分秒积成，善于利用零星时间的人，才会做出更大的成绩来。

努力才是一路前行的必杀技

□唧唧复唧唧

（一）

小学六年级，为了获得更好的教育资源，身为小镇姑娘的我被父母送到了离家百里之外的市里的双语实验学校。

初中第一次大考被摔得遍体鳞伤，爸爸妈妈在家长会上连头都抬不起来，那也是我第一次看见妈妈哭。可是他们没有说我，而是心平气和地告诉我该好好努力了。

那次家长会后我仿佛一夜长大，慢慢改掉自己上初中后不听课的毛病，静下心努力去学，扎实做好老师布置的习题，不懂就问身边的同学或者老师。期末考试后，我竟让所有人都大跌眼镜——居然进了班级前10名，而我段考是第39名，也就是班级倒数第11名。

因着这次挫折，我一直把努力当作自己的信条，可以不成功，但是不能不努力。而为了考入理想的高中、大学，努力去做每一件事，是我从小学六年级到高三，甚至走出学校走入社会后都一直在做的事。

（二）

可能由于我并非临时抱佛脚的人，且一直比较踏实努力，自初中那次以后就养成了良好的学习态度和学习方法，高中的节奏就这么不急不缓地过。

我开始享受自我完善的过程，知道现在问题暴露了才好，否则等到在高考考场上暴露为时已晚，现在多犯一个错误是为了让我在高考中少犯一个错误。

于是解出一道数学题，把握好一个知识点，正视错误并且追根究底都会让我开心不已，因为知道自己真的努力了，每天晚自习后都会满足而又充实地回宿舍休息。

2月底，距离高考只有一百天的时候，我给自己定了个小目标：每周一套数学和英语真题，协调处理，如果老师有布置就写老师布置的，如果老师没有任务下发就做自己手上的真题。

此时第一轮巩固基础的复习即将结束，第二轮复习就是铺天盖地的练习和考试。文综继续从专题模块出发，串联知识点。当时月考面临最大的几个问题是：

1.选择题在排除两个答案后，二选一的难题，这个时候在回归课本的同时要选择最契合题意的。

2.要抓重点，地理考试在写雅鲁藏布江谷地的区位优势时就把最重要的“昼夜温差大”忘记了，文综主观题其实很讲究精练，落笔下去，答必得分。

“先学会审题，再条理层次清晰地去答

题”，这种方法看似简单却最容易被我们忽略。一些方法原理各个学科都适用，比如题目的关键部分要看两遍，不要还没思考就武断下笔。就这样按照自己的节奏不紧不慢地往前走，在备考的过程中我竟获得简单的发自内心的快乐。

（三）

考上中山大学后，我才意识到大学同学尤其是来自北上广深的同学，很多都出生在充满机会的家庭，他们拥有更宽广的平台和世界。他们从小就有更多的学习机会，有更多教育资源，有更多耳濡目染的机遇，也能够接触更多的人。但是他们从不骄纵，良好的家庭教育首先教会他们的就是谦逊，从不因为自己的家庭或者这些经历就自负，这些在读大学前的我看来是完全不可想象的。

而我能做的就是不断努力，在这里努力克服孤独感和自卑感，我深知努力才是一路前行的必杀技。

甄语录 行动是治愈恐惧的良药，而犹豫、拖延将不断滋养恐惧。

教你七个妙招，马上终止“拖延症”

□佚　名

“爱拖延”已成了许多现代人共同的毛病，这里分享七个妙招，帮你马上终止“拖延症”。一早起来先完成简单的目标，接着循序渐进完成较困难的，如此就能使大脑进入状态。

1.每天设定三个最重要的目标，不要超过三个，以免造成心理负担，反而想要逃避。

2.将难做的事情简单化，把一件大事拆成许多小事来完成，一天做一点，总有完成的时候。若是因为觉得太难而不去做，反而没有完成的一天。

3.一天的开始先做简单的事情，如洗澡、泡咖啡等，当简单的事情被完成后，大脑就会觉得已经进入状态，接下来开始实行最重要的三个目标。

4.使用“番茄工作法”，例如工作25分钟，就休息5分钟，六次循环后再来一次大休息，不让自己的工作时间过长。

5.诚实记录完成一个目标所需的时间，不要一次给自己定下太高的强度，诚实记录也可以确保后续行程不被延误。

6.减少让自己分心的因素，提高专注力。例如将手机调至飞行模式，拒绝干扰，或下载一些软件，暂时将自己爱浏览的网页锁住。

7.如果使用了这些方法还是会拖延，就要思考一下背后的原因，到底是什么导致自己一直想逃避，解决问题后再回头检视自己的目标。

甄语录 一年之计在于春，一日之计在于晨。

早上起不来都是基因的错？

□晓　菲

家族群里总刷屏描述熬夜的危害，所以最近我也把“早睡早起”当成了小目标，然后每次睡过头都会感到很内疚。但不久前有生物学家发现，睡眠模式一定程度上是被基因控制的，人体有300多个基因也许都跟你早上起不来有关（真的不是自我麻醉哦）。

早前的研究已经确认了24个基因跟人体生物钟的调节方式有关，其中一个是周期基因。

英国科研人员通过分析697828份来自英国生物样本库和美国基因技术公司23andMe的样本，把跟生物钟相关的基因从24个扩展到了351个。领导这一研究的埃克塞特大学医学院的生物信息学家迈克尔-威登指出，根据携带的基因，你早起的时间会大不一样。他们分析了85760个人的睡眠监测数据，发现携带这351个基因数量排在前5%的人，比排在倒数5%的人平均要早睡25分钟。

除了找出这些跟生物钟有关的基因，科研人员还试图找出这些基因在体内的开关位置。该论文的主要作者塞缪尔·琼斯解释说，人体不同部位的组织类型是不同的，而所有的组织都携带了所有的基因，但这些基因并不是都处于开启状态。他们发现跟生物钟相关的基因在大脑和视网膜中更多地处于开启状态，这个发现有助于了解到底是身体的哪些部分造成了早起型和晚睡型人群的差别。

大脑作为人体的指挥中心，基因在大脑中被激活并不让人意外。更具体一点儿，这些基因活跃的区域是下丘脑的视交叉上核，视交叉上核包括振荡器，能够接受所处环境中的信号调节机体的生物钟。其中的一个信号是光。当视网膜发出信号表示这是晚上时，大脑就会释放一种叫作褪黑素的睡眠诱导激素。因此，威登和琼斯选择在视网膜上定位“早起”基因。人体发现光信号的方式，以及是否向身体发出睡眠指令的过程，都是遗传的问题。

研究人员还发现有两个基因内部存在突变，这些突变可能会改变基因检测光的方式。人们已经知道光可以调节生物钟，但此前并不了解早晨型和晚上型的人在感知光的方式上存在差异。这项研究表明昼夜节律的差异，可能更早地发生在遗传的层面。

昼夜节律跟基因相关，换句话说，这些基因可能会让你在晚上觉得精神百倍或是睡意昏沉，而你对此可能无法做出太大的改变。

当一个人无法控制自己是早晨型还是晚上型，那早起还是晚睡又有什么关系呢？先别高兴得太早，早起还是晚睡跟健康可能真的有关系。已经有很多研究表明晚睡跟一系列精神问题有关，诸如抑郁症和精神分裂症之类的。

去年有一份研究报告中指出，夜间活动较多的人更可能患上抑郁症和双相情感障碍。当然，这个问题还有争议，到底是心理健康出问题导致了人们睡眠紊乱，还是睡眠紊乱引起了心理疾患。琼斯则认为遗传是首要因素，它能帮助解开昼夜节律跟疾病之间的关系。不过这也存在着一些不确定性，因为精神疾病本身也有遗传性。只是如果一个人在基因上倾向于是一个早晨型或晚上型的人，将会对他出现精神健康问题的概率产生影响。

另外一个可能是，如果生活方式不符合遗传倾向会导致精神疾患。比如一个早晨型的人会更适合朝九晚五的现代生活模式，而晚上型的人可能会感觉困扰，对抗遗传倾向可能并不利于精神健康。

未来，这项研究也许可以为灵活工作时间提供依据，证明为什么人们工作效率最高的时段是不一样的。这不仅将会提高工作效率，还能改善职员的精神健康。这倒是个好消息。不需要每天在固定时间打卡，不需要在早高峰堵车浪费大段时间，还有更高的工作效率和更清醒的头脑，工作日睡到自然醒也许不是梦呢。

甄语录 我们永远不能一次性解决所有烦恼，也别想着把明天的烦恼提前摇落下来扫掉，这便是人生。

只扫今天的

□周牧辰

秋天，院子里总是有落叶，它们是从一棵老枫树上掉下来的。每天都得扫，有时还要扫好几次。扫久了，我就烦，用脚狠狠地去踹树身，希望把那些要掉的叶子，全部踹下来。的确，每次都能踹下来一些，但第二天一开门，院子里又是一地金黄色的落叶。

一棵树上的叶子，为何不能同时落下，让我一次性扫尽呢？儿时，我对此一直不解。长大之后才明白，这就是大自然的规律啊！

想想，何止落叶，人也一样：每天我们都会有烦恼，需要及时清扫，但别想着把今天的烦恼扫掉了，明天就没有烦恼了。我们永远不能一次性解决所有烦恼，也别想着把明天的烦恼提前摇落下来扫掉，这便是人生。

甄语录 愚者自以为聪明，智者则有自知之明。

承认自己“很笨”，是推卸责任

□刘威麟

某天在朋友家，指导她家小朋友写功课。

那个小男生突然说了一句话。

“没办法啊，我就是‘笨’。”他说。

我很震惊，一个小学生怎么会说出这么成熟的话，而且这样说自己笨！是谁教他的？

我连忙制止他。

“怎么可以这样说！”

我连“笨”这个字都不想再重复给他听，我希望这个小朋友以后别再这样想了。

“叔叔认识你这么久，很确定你是我见过的智商最高的小朋友之一！”

我很怕他真的失去信心，所以一口气“灌”给小朋友一大堆称赞——“所以，你要有信心一点儿，你知道自己其实很不错吗？”

一边说，心里一边想，一定是小朋友的父母，平常没事就经常说自己的儿子笨，一个孩子，本来很有潜力的，当你天天说他笨，他真的就会整个放弃了。

不过，更颠覆的才要发生。

“不过，你说了这么多，我还是觉得自己很笨呢，”那个小朋友继续说，“叔叔，拜托，我算不出来，赶快告诉我答案，好吗？”

我哑然一笑。

我发现，这小家伙并不是真的认为自己“笨”，他其实是在拿“笨”当借口。

有趣的来了，小男孩的母亲，送东西进来给我们吃，看到我这么认真地教她的孩子，用充满感激的语气跟我道谢。

“哎呀，我就是什么也不会啊，小女子嘛，你知道的，很‘笨’的，什么都不会！”那个妈妈说，“你看，交给你，什么都OK，以后我儿子的作业就麻烦你了！”

我简直要笑出来了。

我也确认，他们这对母子自称“笨”，背后的实际用意，并不是虚心求教，而是教了小朋友，从小就打定主意要“卸责”，要骗别人帮忙，因为自己“笨”就全部不必做。

我觉得很可惜，因为，那个母亲显然想训练她的孩子未来成为很厉害的人，没想到，却先不知不觉地教了她儿子“装笨”，这下子可惨了，儿子到处“装笨”，到处找人当打手，代为处理他的所有事。

而且，这种“装笨”的事，不仅在这里，还经常发生在职场上。

那个说自己“不会”的人，看起来好谦

虚啊。

其实，他不是在谦虚，是“另有目的”。你别以为他“虚心求教”，其实他根本在诓你。

以后也要注意，如果有人一过来就跟你说，她“很弱”，她不擅长，她好像什么都不行，都要多多学习。

她真的很笨，像迪士尼的乌龟或别的动物那样笨，看起来是谦虚，其实她“另有阴谋”。

常常说自己很单纯善良的人，绝对不单纯，也不善良。

常常称自己是直肠子、有话直说的人，绝对不是直肠子，也不会有话直说。

同样的道理，常常说自己笨的人，绝对不笨！

动不动承认自己很笨，是一种推卸责任的伎俩，大人自己这样就算了，别不小心教给了孩子，毕竟成就无论大小，自己做出来的才算数。

甄语录 等待之人并非如外表一般岿然不动，他的内心在坚守着某种选择，思维在计量着某种得失，头脑在进行着某种判断。

等　待

□牧徐徐

《现代汉语词典》中明确定义，“等待”是个动词，意思是“不采取行动，直到所期望的人、事物或情况出现”。明明选择了不行动，为何“等待”却是个动词呢？窃以为，这就是等待的奥妙之处。

其实，等待之人并非如外表一般岿然不动，他的内心在坚守着某种选择，思维在计量着某种得失，头脑在进行着某种判断。这个看似简单的等待过程，其实包含一种无比繁复的谋划与经营。冒进会让人与成功背道而驰或擦肩而过，会让成功变得浮躁浅薄，只有学会等待，才能悟得水到渠成的道理，感受瓜熟蒂落的从容，找到顺理成章的方法。误解了“等待”一词，是许多渴望成功之人最终失败的根源。

当然，选择等待绝不是放弃努力，在等待结果的过程中，仍要努力做好每件小事，用心计算每个环节。在某种意义上，结果是在等待的过程中渐渐产生的，努力与付出会一笔一画勾勒出未来的轮廓，让等待结果的过程变得多姿多彩。

人生本就是走走停停，行走时用脚步丈量长度，等待时用心灵拓展宽度。

甄语录 时间是大脑思维的一种错觉。

排队时，迪士尼在欺骗你

□沈　鹏

美国《大众科学》月刊有篇报道称，即便对最有耐心的人来说，排队等候也可能是一种考验。

但迪士尼能够让最长的排队时间“转瞬即逝”，因为他们用上了几个“欺骗大脑”的妙招：

例如，当你排队等着玩“太空山”的时候，一面面墙壁会把游客隔开，使队伍排成“之”字形。这样你就无从得知前面究竟排了多少人，从而抑制了你从看似没有尽头的队伍中退出的冲动。

一旦你排上了队，迪士尼的“幻想工程师”就会分散你的注意力，以免你去计算排了多长时间。

美国麻省理工学院的排队问题专家理查德·拉森说，他们把等候区变成了可以让你对眼花缭乱的故事和装饰进行切身体验的空间。

当你沉浸其中的时候，等候的时间就好像不那么重要了——这是一种被称为“双任务模式”的现象，因为令人兴奋的环境会增加大脑的工作量，让它“忙不过来”，就不会去思考是否等待时间太长。

还有一个欺骗大脑的方法就是“时间扭曲”。例如，排队路线上的牌子写着“需要等待一小时”，但你通常会在那之前抵达终点。拉森称之为“马基雅维利式扭曲”，因为排队的过程比我们预期的要短，所以我们感觉自己好像还“赚了几分钟”。

而且与在车管局之类的地方排队有所不同，我们知道这条队伍的尽头将会迎来一次“乘坐高速火箭穿越银河系”的旅程，值得期待。

心态对了，生活就顺了

甄语录 所有困惑也好、质疑也罢，想得越多越痛苦。当你摒弃杂念，抛开烦忧，做得越多越坦然。

想象中的困难最难

□李思圆

很多人在做一件事时，最难克服的，不是将会遇到的困难，而是想象中的困难。

不知你是否有过这样的感受：本想去健身，但想着会很累，越想越累，干脆就不去了；本想去读书，但觉得会犯困，越想越困，干脆就不读了；本想去写作，但害怕会很难，越想越难，干脆就不写了。

许多时刻，令我们疲惫的，从来不是没准备好，而是过多的焦虑和犹豫。

作家南川大叔讲过这样一个故事。他有一个表弟想去华为应聘，却始终犹豫不决。终于下定决心后却仍没有去应聘，因为他听说华为公司面试很严格，而且就算顺利通过面试，也很难适应激烈的内部竞争。

南川大叔问他："你先告诉我，你投简历了吗？"表弟回答道："还没有，我不确定自己能不能行。"南川大叔听后，叹气道："你根本没去尝试过，就已经被想象中的困难吓住了。"

《撒野》中有一句话："人就是这样，想来想去，犹豫来犹豫去，觉得自己没有准备好，勇气没攒够，其实只要迈出去了那一步，就会发现一切早就准备好了。"想太多，不仅会消耗更多的体力和精力，也会瓦解你做事的决心和意志力。

1983年，美国社会学家霍克希尔德提出了一个理论叫"情绪劳动"。大意是除了日常的体力和脑力劳动，还存在一种被忽视的劳动，就是情绪的劳动。当一个人陷入过度焦虑和纠结时，就会消耗大量的体力和精力。

这也就是为什么，在做一件事时，怕自己做不成，比真做不成，更让你感到疲惫；怕别人说你不行，比真不行，更让你感到难堪。

许多时刻，我们面对的最大困难，不是来自外压和外力，而是来自情绪和精神的内耗。所有困惑也好、质疑也罢，想得越多越痛苦。当你摒弃杂念，抛开烦忧，做得越多越坦然。

甄语录 高手，是那些经过了千锤百炼而从不把自己当成高手的人。

射箭高手

□东莱西郎

战国时期，道家有个高人，名叫列子，他文武双全，不仅文采出众，而且箭法了得。他自认为箭术天下第一，无人能敌，甚是自傲。

有个人反感他的傲气，对他说："你别自觉着了不起，有个叫伯昏无人的人，箭术在你之上。"他很不服气，就去找伯昏无人挑战。

伯昏无人说："你先射，我看看你的水平如何。"

他毫不客气，拉满弓弦，还让人在他拉箭的胳膊上放上了一杯水，然后开始射箭。只见他第一支箭刚射出，还没到达靶心，第二支箭已经搭在了弓上，第二支箭刚刚射出，第三支箭又搭上了。结果，一箭连着一箭，三支箭首尾相连，形成一条直线，箭箭射中靶心，这叫连珠箭。更令人称奇的是，三箭射完，他胳膊上的水杯竟然纹丝不动，滴水不漏。

围观的人大声叫好，惊叹："这哪是箭术，简直是魔术啊！"列子不无得意地问伯昏无人："你看我的箭法如何？"伯昏无人不以为然地笑了，说："以你现在的箭法，顶多是用心射箭，但离无心射箭的境界还差得很远。"

列子非常不服，说："那就请你展示一下吧。"

伯昏无人并未射箭，而是领着列子爬上了一座陡峭险峻的高山。

来到山顶的悬崖边，伯昏无人不紧不慢地拿出弓箭，然后踩在最高处边缘的一块石头上，面对脚下的万丈深渊，气定神闲，弯弓搭箭，只听"嗖"的一声，对面山上的一棵松树被射穿了，简直像射豆腐一样。

再看列子，爬得气喘吁吁，满头大汗，见到悬崖更是头晕目眩，站都站不稳了，哪还能射箭？

伯昏无人拍着列子的肩膀说："在平地百步穿杨，那不是高手，也不叫本事，真正的高手，是在悬崖峭壁上，也能临危不乱，正常发挥。"听罢此言，列子才心服口服，对伯昏无人无比敬佩。

生活里充满挑战，没经过恶劣环境和极端情况的挑战，本领再高超也千万别以高手自居。高手，是那些经过了千锤百炼而从不把自己当成高手的人。

甄语录 热爱可抵岁月漫长。

"喜欢的事"不一定是真喜欢

□孙惠群

《子弹笔记》中讲了一个故事：作者有3个朋友，他们的共同点是都厌倦了白领生活，都热爱瑜伽，都向往旅游和度假生活的慵懒时光。

第一位朋友A，辞了工作，卖了家当，搬到哥斯达黎加成了一名瑜伽教练。一年后，她又回来上班了。问她发生了什么，她说自己不喜欢待在度假村里教游客做瑜伽，她想要环游世界，体验各地文化。但她没想到，当地人负担不起她的瑜伽费用，而且边工作边旅行令旅行的乐趣大打折扣，谋生的辛苦与坐办公室没什么两样。

第二位朋友B，也辞了工作，在一个拥有梦幻般美景的海滩度假村教游客做瑜伽。过了一年多，她也回来了。原因是她发现，教瑜伽是重复单调的，剥夺了自己做瑜伽时的乐趣。她一度向往的避风港成了更累人的职业。

第三位朋友C，10年前就辞了工作，一直没回来，现在在世界各地教瑜伽。为什么她与前面两位不同呢？因为她着眼于小处，循序渐进，发现了在喜欢瑜伽背后，她真正喜欢的是什么样的生活状态。

最开始，她还上着朝九晚五的班，只在周末的时候教一节课。因为热衷旅行，她利用假期尝试在不同的度假村里连续教一两周瑜伽，看看情况如何。结果发现这不适合她。但是，她没有损失，还收获了体验。后来她又试着当一名兼职静修教练。这回对了，她喜欢静修，这份工作让她获得了乐趣、亲密的人际关系以及可观的收入。她还学会了如何改善静修的方式，在当地创办了自己的静修班。C没有选择完全改变生活方式，而是采取了系统的方法，一步一步实现了目标。她带着耐心与好奇，每次只解决一个问题，促使改变发生。这种有条不紊的方法最终使她成功过渡到了一种全然不同的生活状态，而且可以一直这样生活下去。

同样是认为自己热爱瑜伽，朋友A更爱的是环游世界；朋友B更喜欢自娱自乐，不享受传授他人的快乐；朋友C呢，喜欢瑜伽分支中的静修练习，找到了真正与自己契合的点。

有时我们以为自己喜欢什么，但事实上并不完全是，"不要轻易将兴趣变成职业"。的确，不应那么轻易，因为兴趣变为职业，得实现从"想干"到"能干"的转变，这一路尽是对你"喜欢的究竟是什么""你热爱到什么程度"的重重考验。

甄语录 腹有诗书气自华，读书万卷始通神。

两种容易操作的阅读计划

□陈　默

辰格曾说：“毁灭人类的方法非常简单，那就是告诉他们还有明天。”乍一看挺吓人，细想一下，是不是很有道理呢？阅读也是，最怕没计划，最怕计划被“拖延”。

“计划”体现了你对某件事关注的程度，从做计划开始，就意味着你在思考；完成“计划”的过程中，你持续地关注某件事，不断地与自己的“拖延”作斗争，不断地反省自己当下的行为，并约束自己接下来的行为，在这个过程中，某种习惯就逐渐养成了，从开始的“有意为之”到“无意而为”。

我们熟悉的陆游，读书就很有计划性。他根据自己的需求制订了不同时期的读书计划：少年时，主攻古人各类诗作；青年时，各种文章尤其是“先秦古书”，成了他的最爱；再大一些，他开始接触历史名著。驰骋沙场时，又把《孙子兵法》吃个透。这就启示我们，在制订计划时，要从自己的兴趣和主观需要出发，选择书籍。如果你以提高成绩为主要阅读目的，那建议你多看看课内要求阅读的书目（每学期老师都会推荐给你）；如果你想提高思辨能力，那建议多读哲学类书籍，比如朱光潜的《西方美学史》、罗素的《西方哲学史》、冯友兰的《中国哲学简史》等；如果你想开阔视野，那么你可以广泛阅读。

选好自己要阅读的书籍，就到做计划的时候了。我们分享两种容易操作的计划。

第一种是以“一本书”为单位。准备好一本厚一点儿的笔记本，画上一个表格，里面内容大致包括本书主题、作者简介、预计用时（细化到每个章节具体的时间）、关键内容提取、读后感受及反馈（具体的奖惩措施）。表格画得大一点儿，以一页为准。一页就是一本书，这样一学期下来，也有几十页了。在完成阅读计划的时候，也增强了自我约束能力。

第二种则以时间为单位，做周期性计划。短期计划可以一天、一周、一月为单位，长期可规划半年乃至一年。以“一月计划”为例，同样以表格的形式呈现，标注“阅读目的”“书籍类型”“书目”“书中关键词”“读后感受”“反馈（奖惩措施）”等。做完之后，贴在学习桌上、床边、门上都可以，这样可有效防止遗忘。

无论哪种计划，如果你能认真制订并坚定执行半年以上，那么阅读就可能成为你生活中不可缺少的一部分，那时你会发现，从“有意”到“无意”，一切水到渠成。

甄语录 你需要同情心，才能体会到别人的痛苦；你需要智力，才能和人好好相处。

第十一个小时

□陈 赛

1918年11月11日10点58分，乔治·劳伦斯·普莱斯死了。他是这场战争中最后一名战死的士兵。两分钟后，法、德两军正式宣布战争结束。

事实上，停战协议是在凌晨5点签署的。但将军们说，不，我们要等到11点再宣布。于是，在之后的6个小时里，又有4000多人战死。

“为了一个官方的姿态，4000多人毫无意义地死在了战场上。”绘本作家雅克·歌斯丁耸了耸肩，又叹了口气，好像不知道该如何表达其中的荒诞。

为了纪念这个叫乔治·劳伦斯·普莱斯的加拿大士兵，他创作了一本题为《第十一个小时》的绘本。

故事的主角是两个好朋友，一个叫吉姆，一个叫朱尔。他们同一天出生，但吉姆比朱尔早了两分钟。他们之后的人生，似乎也注定了吉姆总是比朱尔快一步，更能干，也更成功。“一战”爆发，他们一起入伍，同行的还有3万名加拿大士兵。在战场上，吉姆是个战斗英雄，英勇善战，军装上别满了勋章；而朱尔总是慢两分钟，笨手笨脚，整天在后厨捉老鼠，削土豆。1918年11月11日，他们最后一次被派去战场，吉姆第一个跨越战壕，中枪，死去。时间停留在10点58分。两分钟后，停战协议生效，战争结束。

“每次我去学校里给孩子讲这个故事，总是问他们，你想做战争英雄，受万人崇拜，还是想逃离战争，活下来，回到你的家人身边？每个人都说，我要回来。”他告诉我。

“打仗是很容易的，毁灭一切就是了，但和平很难，你需要同情心，才能体会到别人的痛苦；你需要智力，才能和人好好相处。”

战争结束后，他安排朱尔做了钟表修理匠。在朱尔的钟表店里，所有的表都比正常时间慢两分钟。这两分钟代表无尽伤痛的记忆，是他记住吉姆的方式——战争破坏了他内心的某些东西，通过修理钟表，他在修理他的内心。毕竟，钟表是平静的象征，无论外面的世界如何疯狂动荡，钟表里的时间永远一秒一秒、有条不紊地前行。

甄语录 最完美的人生，就是快乐多，悲伤也多，满满的都是酸甜苦辣。

“差一点儿”，是好事

□刘威麟

我有一个朋友，就说过一句话：“人生的过程，好像一直在‘遗憾’。”

哦？什么意思？

“小时候的梦想，从来没有达成过。”他说。

嗯。没错。

“找到的伴侣，永远比幻想中的‘Mr. Right（真命天子）’又‘差’了一点点。”

哈哈。也对。

“好不容易找到的好工作，再过一阵子总是让你想‘离职’。”

嗯！这句中肯！

这位朋友顿了顿，幽幽地说：“所以，人生，永远都是差了一点点。”

大家听了，纷纷附和。

一位曾经是某企业的创始员工，离职自开工作室，不料，原本的公司隔年即上市，里面的员工都发财了，只有他痛失发财机会，他说：“如果当年不离开就好了！”

另一位已和某校花交往10年的朋友，只因为短暂出国游学，突然出现第三者横刀夺爱，他大喊：“当初不要出国留学就好了！”人好像都是这样的。

这时候，一位高人分享了他的想法。

“人生，就一定要‘差’一点点，反而可以称它‘完美’。”

他对着那位痛失发财机会的员工说：“你没有发财，但你开了工作室。”

他对着那位失恋的男人说：“你没有娶到校花，但你出国游学圆了梦。”

啊？

这样合理吗？

这时候，高人又讲了一句，我就听懂了——“最完美的人生，就是快乐多，悲伤也多，满满的都是酸甜苦辣。”高人说，“你们每次都‘差一点点’，那一点点的‘差距’所带来的痛苦，就是‘提味’的炝作料。”

原来如此。

人生总是差一点点。因为差一点点，恭喜你，它又变得更“完美”了。

甄语录 每个人只有在竭尽全力后，才有资格去谈论心态。

好心态
没你想的那么重要

□冯昊怡

最近，在和高中的学弟学妹们接触时我发现，他们中的大部分在说起自己的某一科成绩不够好时，总会把原因归结为自己没有好心态或者是没有自信。

我先给大家讲一个故事，主人公是美国射击运动员马修·埃蒙斯。

2004年8月22日，雅典奥运会男子步枪三姿决赛，马修·埃蒙斯以绝对优势领先进入最后一枪——他只要不脱靶，拿金牌就仿佛探囊取物。

于是，像之前一样，埃蒙斯耐心地端起步枪，慢慢地瞄准，稳稳地扣动扳机——成功将子弹送到了隔壁的靶子上，把近在咫尺的金牌拱手让给了中国老将贾占波。那时候，很多专家就认为埃蒙斯虽然能力出众，但是心态不够好。

北京奥运会上，埃蒙斯在倒数第二轮领先将近4环，但就在金牌几乎唾手可得的情况下，他重演了雅典奥运会上的悲剧。

2010年，他被诊断出患有甲状腺癌，在纽约一家医院做了手术。在身体恢复之后，埃蒙斯并未放弃，他重新举起了步枪，并获得了参加2012年奥运会的入场券。不过，相同的失误在2012年伦敦奥运会上重演，在决赛第9枪还领先对手1环多的情况下，埃蒙斯的最后一枪只打出7.6环，将几乎到手的银牌拱手“送给”韩国选手金钟铉，只获得了一枚铜牌。

讲完这个故事，我问学弟学妹：“听完这个故事，你们有什么感想呢？”这时候大多数人都说：“埃蒙斯心态不好才失败了，我也正是因为没有好心态才学不好啊！”

我对他们说了下面的话：埃蒙斯因为心态不好导致的失误确实令人惋惜，但是在世界上的60多亿人中，埃蒙斯曾4次打进奥运会决赛并拿到3枚奖牌，虽有遗憾，但是终究做到了其他几十亿人都没有做到的事情，怎么可以说他失败了呢？即便拿到的是铜牌，他依然值得享受全世界的关注和掌声。他顽强地守护着自己的射击梦想长达19年，在患癌后，依然不放弃训练和参加比赛，正是这种执着的追求和超常的行动力，让他成为世界闻名的射击运动员。假如他只是盲目自信，不付出努力，每天对着蓝天白云、青山绿水大喊：“我埃蒙斯要拿金牌！”不要说铜牌，连奥运会的入场券他都拿不到。

我想对学弟学妹说的第一点就是，心态波动对学习成绩有一定影响，但是这种影响最多只是让你的成绩从原本该拿的金牌变成一枚银牌，一枚银牌变成一枚铜牌，一所

“985”高校变成一所“211”高校，这种影响只会限制在一个很小的区间。就算你心态再好，每天嚷嚷着一定要考上清华、北大，但是上课玩手机、放学玩网游，不思进取，那么能上一所“二本”院校就算不错了。不要放大心理素质的影响，一只蚊子就算再有自信去叮一个人，使出再多的花招，还是躲不过被人一掌拍死的命运，因为在绝对力量面前，任何花招都是没用的。

什么是绝对力量？你的努力和行动就是你学习中的绝对力量。

每个人只有在竭尽全力后，才有资格去谈论心态。没有经过风雨的洗礼，不愿意接受磨难，不愿意咬牙坚持却还相信自己能有个好未来，这样的好心态和自信不仅是盲目的，而且是应该被嘲笑的。你说你不自信、心态不好，也只是因为你每天总是比班里其他学生起得晚、不愿意背书、不愿意做练习、碰到困难不愿意去想办法解决、凡事都坚持不下去而已，你的不自信是因为你“心虚”啊！

实际上，浮躁的社会和自我催眠式的心灵鸡汤，让现在的学生变得“脆弱、懒散又敏感”，作为学生家长或者老师，没必要再去放大心理素质和自信的影响。如果一件事情，世界上的绝大多数人都需要去经历和承受，那么，这件事就称不上艰难和痛苦，更不需要时刻把自信和好心态挂在嘴边。因为只要够用心、够努力，就会发现，学习原本像吃饭、喝水、呼吸一样，也是这世间最平常的事。

对现在的学生来讲，不自信并不意味着自卑，而是一种不浮夸、不迷失的学习态度，会让学生有危机感，找到自己学习和生活中的不足。对物理不自信就去多思考、多练习，对英语不自信，就多背单词、多阅读。

愿你用行动征服世界。

甄语录 年轻时也对世间万物充满期待，眨眼间就落入了平庸之海。

夏天结束了

□阿胖万事屋

在日语里，“夏天结束了”其实和“今晚月色真美”一样，是有隐晦暗示的。它代表着某天突然感知到河岸的风带来凉意，爱慕的心绪不了了之；没牵到的手、未送出的信，青春潦草地收场后关上了门。就像睡了个漫长的午觉醒来，穿衣洗漱后准备去学校，找了半天却找不到课本和双肩包，才恍惚想起自己在多年前明明没有做好准备，就被推搡着长大成人。来不及跟夏天挥手告别的仓促人生，年轻时也对世间万物充满期待，眨眼间就落入了平庸之海。

甄语录 变化使我们成熟，但它首先使我们痛苦。人生中最重要的变化，一定伴随着大的焦灼和忧虑。

那个得不到认可的孩子有多难

□柳　似

刚上一年级的时候，我妈曾经断言我以后是上不了大学的。

那时我的成绩可以用“一塌糊涂”来形容，我曾将其归咎为年龄太小。但我那亲爱的母亲大人不这么觉得，在她那关于学习的过于久远的记忆里，成绩不好等同于懒惰、不努力。

我们班当时的班长是典型的“别人家的孩子”，长得好看，成绩又好，每次家长会都是学生发言代表。最致命的是，她妈跟我妈还是老相识。开家长会成了我的噩梦，因为每次回家，我都要面对她的沉默。

到现在我还觉得，一个人表达不满，最有力的不是语言，而是沉默，那是比鞭子还要伤人的冷暴力。就是这种压抑的沉默，让我一边怀念更小的时候遭受的板子，一边战战兢兢地数着距离长大的日子。

四年级的时候，我突然就像被打通了任督二脉，之前怎么都看不懂的加减乘除题像喝水一样简单，答案自然地涌入我的脑海中。老师打满A的作业、一张张90+的试卷，还有口头作文比赛二等奖的证书……我兴冲冲地跑回家，她却只是简单地扫了一眼，就把证书放到一边：“我听你们老师说了，本来再坚持一会儿还能拿个一等奖……”

我想一定是我做得还不够好，才会让她转身前的表情那么失望。落日的余晖洒在院子里的青苔上，我的童年就此远去了。

不再需要别人提醒，每天放学了，我就自己搬一只小凳子坐在床边静静地写作业。有时候听着窗外嬉闹的声音，脑海里就会浮现她那天的背影。我的名次越来越靠前，直到占据年级榜首。

我并没有松一口气，我知道她一定还不满意，我必须考上重点高中。绷着紧紧的一根弦，我顺利地以第一名的成绩考上当地的重点高中。无数次的第一名让我建立起自信，直到高中生活的到来。

理科思维明显处于劣势，我却还是听从家人安排选择了理科。在重点班里每天过得小心翼翼，连最爱的语文课我也逐渐失去兴趣。我永远忘不了从课代表手上接过打着“58分”的物理试卷的那一刻，之前建立的世界轰然倒塌。

我迅速把卷子塞到抽屉里，拿出课外书假装毫不在乎，心脏却难受得几乎揪到一块儿去。我变得越来越不爱说话，陷入自卑与自负交织的旋涡中无法自拔……

大二那年，学校有个全国性课程比赛的海选。有个声音一直在试图劝我放弃：优秀的人那么多，怎么可能轮到你呢？即便那门课我的绩点是全班第一。每当我拿出资料想复习的时候，那种自卑就像锤子一样一重接一重地敲在心上，努力的欲望瞬间烟消云散。

我开始陷入无比疯狂的焦虑。看着身边的人学习、搞科研、参加各种竞赛，他们越往前走，我越觉得他们的世界遥不可及。有一天晚上因为社团工作没有学习，我躺在床上辗转反侧，一种难以名状的罪恶感从心底冒出来，有个声音在脑海里一直挥之不去：“你为什么不能再努力点儿？”连不够努力也成了自我指控的缘由。

有一次回家，大人们在谈论孩子的教育问题，我开玩笑地说：“妈，你以前对我打击挺大的。”

我妈笑着说：“那还不是为了防止你骄傲。要不是我的‘打击’，你能考上大学吗？”

我笑着说“是啊”，眼角却有一股难以抑制的液体试图喷涌而出。我没有告诉她，因为她的打压式教育，我这些年苦苦寻觅被认可，一直生活在别人的阴影之下。

有句话说得挺好：“被打击的孩子，不是更强大了，而是更硬了。软则韧，硬易折。”

我所渴望的，早落在了年少的沉默里。

甄语录 过于成功的心理暗示，就成了现实。

心理暗示

□祁白水

虞惇家有个佃户孙某，善使鸟铳，百发百中。虞惇正好看见一只黄鹂，就叫孙某打下来。孙某问：“要死的还是要活的？”虞惇疑惑地问：“你还能预先决定它的死活？”孙某说：“要死的，直接命中。要活的，先使其惊飞而打它的翅膀。”虞惇说：“那要活的。”孙某手举铳发，黄鹂应声而堕，捡起黄鹂一看，果然打中一只翅膀。真是神乎技矣。正巧让一个会念咒的人见了，就与孙某打赌，说“只要念上三遍咒语，你就是打上一百回也打不中”，试之果然。后来又多次试验，屡试不爽。更奇怪的是，那人念诵的咒语粗俗不堪，让人笑得肚子疼，不知何以有此神效。

当体育选手全神贯注于运动本身时，屡屡获胜，而快要接近决胜时，却又一败涂地。非是对手有什么制胜妙术，而是你的心理起了微妙变化。

甄语录 放下你不能改变的，专注你能改变的。

在高中遭遇强迫症

□程盟超

随着人潮，有时我们也能走很远，但更多的时候，我们需要为自己找到一个方向，一个自己想要走的方向。也许这条路会是一条孤独的路，但因为热爱，即使是孤独，也变得有点可爱了。

高一被诊断为强迫症时，我心里最大的疑惑，是我的那些同学，面对暗无天日、严重缺乏乐趣的填鸭式学习生活，不感到厌倦吗？后来读了些书，知道心理疾病跟社会环境和生理遗传都有关。大家都在焦虑的火山口，被灼烧到摇摇欲坠的或许只有我。

高中时代也并非全无乐趣，比如很幸运的是，我在初中时就喜欢的姑娘，以几十分之一的概率与我分到了同一个班级。她一出现，仿佛全世界都染上了粉红色。现在回想，如果这段感情侥幸成功，我整个人不至于焦虑。现实却很残酷，女孩只把我当“朋友”。我感到被背叛，产生了巨大的愤怒。16岁的那个冬天，没人告诉我在情感方面并非付出就有回报；也没人告诉我，大家没理由一定要对你好。

老师和同学都不知道那时的我已经被强迫症折磨着。它是一种奇怪的病，带着焦虑的底子，比抑郁症更不被人了解。我总是机械地重复很多事，知道它们毫无意义却停不下来，感到十分沮丧和着急。再后来，强迫症衍生出疑病症。我开始忍不住地设想、怀疑直至坚信自己得了某些不治之症。

没有乐趣又缺乏目标的三年是难熬的，我在三年间一直保持着看得过去的成绩。但我在那三年里从来没有过达成某件事的强烈想法。很多时候，我会思考三年的付出是否值得，我们学到头疼、失眠、眼睛充血，不是因为我们热爱什么，而是因为我们害怕——害怕学习不好就会有不好的人生，害怕被批评、被瞧不起，害怕自己一生只能生活在小县城。

这挺荒唐的。尽管我那时没有发现它的荒唐，但它确实说服不了我全身心投入，甚至加重了我的焦虑。事情发生转折大概是在我的疑病症最严重时。那时我失眠、头疼、鼻子总流血，感到几乎绝望了，觉得自己很快就会死。接受了这个可怕的“事实”以后，我有生以来第一次思考一个问题：如果我的人生只剩下几年，我该去干什么呢？答案竟只有一个：看尽可能大的世界。那时的我，一个未成年人，确确实实想在死之前看看潘帕斯一望无垠的草原，看看非洲大地上奔跑的动物；我也很好奇世界上其他地方的人吃什么、喝什么……在最绝望时，我开始美美地想象这些，发现如果能实现愿望，生活好像也没什么可怕的。随后一切都好了起来，我时常焦虑，但有了期盼，期盼自由，自由到能支配自己。日常其实没有变化，我还是带着压力学习，但一些小的美好渐渐给了我支撑，比如一节体育课，一本有趣的课外书。然后高中生活就这样过去了。高考结束的那天下午，我身上的一切病痛突然消失了，焦虑荡然无存，好像从来没有存在过。

时至今日，我大致做着想做的工作，见识了很多不同的人和事。这种生活可以追溯到我高中痛苦的三年，它以一种意外的方式为我补上了一课。我不想回忆，但应该感谢。当时也许真的糟糕透顶，但过上几年再回顾过去，我又想不起当时在怕什么。

我为什么如此健忘，自己也说不明白。大概人一生可以在乎很多事情，真正要紧的却只有那么几件。我曾经如此在意那个“粉红色”的女孩，高二分班后却再也没有收到过关于她的任何消息。后来我才明白，我真正在乎的不是她，而是别的东西。我精神崩溃前从未触及过这件东西，精神崩溃后反而拥有了它。

甄语录 少听别人怎么说，而要看自己怎么想。有时候，不要也是一种自由。

划　算

□子　沐

买咖啡时，店员好心推荐，说可以换大杯的，更划算。我笑说喝不了那么多，依然买了小杯。有一次买巧克力，结账时店员也是好心给我推荐：“您看到促销广告了吗？买两盒有优惠。”我说：“我吃不了那么多，怕放坏了。”买东西要问自己需不需要。经常有人告诉我怎么样划算，但我从来都是按需来取，脑子里不会考虑“划算”这两个字。

我不怎么热衷于购物，买东西只买需要的，不会因为打折去买并不需要的东西；超出能力范围的，也从来没想过去拥有。一则可能我不属于那么喜欢购物的人；二则我一直认为，一件东西需要从容地拥有，而不是挣扎着拥有，量力而行、匹配消费才是适宜的。大到人生选择也是一样，先问问自己，重要的是什么，其他的枝叶和附加可以忽略不计。做人的原则，永远是不要贪心。

有得有失。做任何选择，重点无非是心要稳。少听别人怎么说，而要看自己怎么想。有时候，不要也是一种自由。

甄语录 你需要拥抱的，是直面那些能让你获得挑战、有所获益的挫折，而不是故意把自己扔进尘埃之中，主动去碰撞一些不必要的苦。

你的奋斗不必灰头土脸

□程则尔

几年前，立志考研的表姐曾和家人发生过争执。

起因是表姐总喜欢到学校附近的咖啡厅去复习。一杯咖啡，打完折要16元，每个月要花费近500元。在老一辈人眼中，奋斗当忆苦思甜，真正下定决心看书，坐在煤堆上都看得进去，她的行为实在太过矫情。

表姐坦言，窗明几净、安静漂亮的学习环境可以让她的复习效率更高。而每看完半小时书，喝上一口摩卡或是卡布奇诺，则能让她感受到幸福的回馈，眼前的书山题海似乎也没有那么面目可憎了。

在表姐如愿考上心仪名校的第二年，我到一家业内颇有名气的报社实习，和她的学校只隔了一条街。周末，表姐来看我，刚走进我的房间就吓了一跳，脸上半是嫌弃，半是心疼，我顿时尴尬得不行。这次实习机会得来不易，同批实习生更是高手如云，我所有的心思都聚焦在如何努力转正上，无暇顾及生活质量的提升。

那天下午，表姐执意帮我整理房间，也让我见识到了一颗不愿将就的心，竟能迸发如此大的能量。她去跳蚤市场淘回一个能收纳所有杂物的大衣柜，将床铺被褥全部换新，用墙纸遮住满墙陈年污渍，并在房间里布置上鲜花，镇住刺鼻的霉味。

对漂泊在外的游子而言，一处舒适房屋带来的意义不局限于居住属性，而是当主人被沉重的工作压得快要窒息，拖着疲惫的身躯回到小窝时，能将自己瘫陷进柔软的沙发，在清淡绵长的花香中扫除疲惫，治愈内心，再次充满奋斗的动力。

一说起奋斗应该有的姿态，人们常常会联想到一副苦大仇深的样子：把头发剪短，短裤配拖鞋，一瓶凉水就两个馒头下肚，再配上病倒了也要挣扎起来背两页单词的觉悟。而与之相对的，好像舒适地窝在床上做题，打扮得漂漂亮亮地去运动，以及取得一点儿进步后犒劳自己一顿大餐，就是贪图享乐，就是心思漂移，就是没那么努力和励志。

其实，奋斗并不意味着你一定要灰头土脸。

有一位博主，是刚刚大学毕业的年轻人，一个人在广州奋斗，无论下班多么晚，经济多么拮据，他都会给自己做一顿晚饭。在他的视频合辑中，你能看到一只新鲜的大闸蟹，或一棵水嫩的包菜，是如何经过巧手细心地调理后变成盘中热气腾腾的美食，之后，在暖黄色的餐桌灯下，就着一首悠扬的钢琴曲，持续温暖着主人的胃。

不靠颜值、不秀身材、不搏出位的博主，粉丝量却持续增长。我想，这以万计不停累加的数字背后，大概都是一群心境相同的奋斗者。他们明白了“一个人也要好好吃饭”的道理，打拼得再狼狈也要给自己留三分体面。

你需要做的，是直面那些能让你获得挑战、有所获益的挫折，而不是故意把自己扔进尘埃之中，主动去碰撞一些不必要的苦，任由斗志与心力被消磨殆尽。从另一方面讲，标榜自己能吃苦，有时候可能只是在自我搭建心安理得，如同总把努力挂在嘴上，却始终没能悄悄地惊艳众人；也如同平时本就没挤出太多时间去学习英语，却非得在除夕之夜难得团圆的时刻，撇下家人躲进书房。

毕竟，在这条夜以继日的拼搏路上，我们也要好好爱惜自己啊。

甄语录 和高人比较，使你自卑。和俗人比较，使你下流。

别　人

□倪　匡

有很多种痛苦，是人自己找来的，喜欢和别人做比较，就是一种自己找来的痛苦。

自己是自己，别人是别人，为什么会有那么多人，把自己和别人来做比较呢？本来是全然没有关系的两个个体，一比较，事情就多了起来，种种困扰痛苦，也就应运而生。

在比较的过程中，很多人都会发现，别人比自己生活得开心、快乐；也会发现，别人的事业顺利、爱情顺心，而自己仿佛什么也没有。

在比较的过程中，在发现别人比自己强的情形下，愤懑之心，油然而生。为什么？自己好像在任何地方，条件都不比他差，何以在实际上，却处处不如别人？这是为什么？是命运差，还是一时的时运未济？将来会怎样？会一直比人差，还是有朝一日，可以飞黄腾达、扬眉吐气？

在和别人比较的过程中，很难发现别人比自己差，原因很简单：第一，人很少与看起来比自己差的人做比较；第二，看起来比自己好的人，他的差处，别人是看不到的。

别人怎么样是别人的事，要自寻烦恼，尽管经常找人比较。

甄语录 逝者不可追，唯一能把握的是现在，能追逐的是未来。

你这么年轻，为什么总是焦虑

□郴小洁

大四的时候，有个同学抑郁了。

他一年前决定参加研究生考试，制订了备考计划，买了很多考试用书，说了很多豪言壮语，准备继高考后再来一次艰苦卓绝的奋斗。

刚开始的几个月，他很努力，图书馆开门的时候他就到了，图书馆关门时他才走。可是过了一段时间，他去复习的时间越来越晚，离开图书馆的时间越来越早。又过了一段时间，他去复习的日子越来越少，等到快考试的最后一个月，索性不再去复习。

考研结束后，他告诉我，从决定考研到考试结束，他一直处在很焦虑的状态，即使最后他不再复习，每天玩耍，也很焦虑。

最初，觉得一切都刚刚开始，充满干劲，自信满满。努力了一段时间，干劲消退，学习中的困难开始浮现，对复习的效果产生了不满，开始焦虑。和朋友出去玩，看电影，玩游戏，越放松越焦虑，越焦虑越无法学习，形成了恶性循环。

一开始觉得不急，后来觉得难而不想做，等到最后一个晚上通宵去突击完成。总是把事情拖到最后一刻，这个过程却不快乐，反而很焦虑，在deadline（最后期限）即将到来的时候，这种焦虑感达到了顶点。

通宵完成后，焦虑感消失，想到早前那惴惴不安的样子不禁发笑——早点儿完成岂不是更好？

年轻时的焦虑，往往是对自己不满，却又无力改变。

一是对自己当前的行为不满。明知道某种做法是对自己最好的，却偏偏不去那样做。明知道当前做的不是最该做的事，却偏偏停不下来。

背单词做习题“先玩会儿再干”，写工作总

结“睡一觉再说”，吃饭都“等会儿再叫餐”。休息时间，你计划着看书、写作、练琴、绘画……再等一下吧，去看一下手机，结果一个晚上都在刷朋友圈、逛微博、玩直播、煲电话粥，或者只是躺着、发呆、不动。然而，这些都没让你觉得快乐，因为大脑里一直有个声音在催促你，去做你应该做的事。而你在焦虑中依然玩手机、躺着、发呆。

最该做的事情往往不是很简单就能完成的，人本能就会逃避，希望做更容易的事或放松的事来寻求安慰，导致最该做的事情没有完成，从而更加焦虑。

二是对自己当前的状态不满。

有的人年年拿奖学金；有的人工作没几年，工资节节攀升；有的人写作出书，去各地签售风光不已。

你本来也有这样的梦想，或许还曾和他们站在同一起跑线上，如今，你的梦想却依然只是梦想。你对现状不满，急于改变，又懊恼错过了最好的时机，害怕路上的艰难，迷茫不知怎么去实现。不满日益增加，焦虑如影随形。

你开始觉得自己很差劲，比不上其他人；变得很恐惧，害怕就这样度过一生；又很后悔，痛苦于自己浪费的时间和生命；还有无奈，很多事情无力改变。

虽然你很年轻，但总是焦虑。

如何减少这种焦虑呢？

首先，你需要把握现在。种一棵树最好的时间是十年前，其次是现在。

有时候我会想，如果时间倒流重新来一遍，我会是与现在完全不同的样子吗？或许你不满现在的状况，但与其纠结过去，不如着眼于现在和未来。

逝者不可追，唯一能把握的是现在，能追逐的是未来。

其次，做当前最重要的事。你周围或许围绕着很多事情，但一定要明确当前最重要的事情是什么。判断的原则，就看它是否符合你当前的计划和目标。

如果你是学生，当前最重要的事情必然是学习；如果你是职场新人，当前最重要的事情就是提升工作能力；如果你想成为一名作家，当前最重要的事情应该是不断练习写作；如果你想环游世界，当前最重要的要么是努力挣路费，要么是已经行走在路上。

当然，过程中总是会遇到不少阻碍。但你要知道，世界上最不费力的事情，就是拖延时间。我们总是把重要的事情拖到最后，结果往往就是不了了之或者敷衍了事。所以，做当前最重要的事，拒绝拖延。最后，坚持，坚持，再坚持。往往很多事情做了才知道困难，没做过反倒觉得很容易。

我们看到别人的成功、别人的光鲜与靓丽，却没有看到他们在背后付出的艰辛与努力，流过的汗水与眼泪。

在努力的路途中，有的人始终在原地，什么都没看到；有的人走了几步，感受到一些风的阻力；有的人走了一半，但也看了路途的风景，闻过两旁花的芬芳；而只有少数人，从未止步，越走越远。

坚持过的人，才知道自己是如何慢慢变得强大的。你这么年轻，不用焦虑：路刚刚开始，只要坚持走，就能走出自己的路。

甄语录 人生没有白走的路，脚下的每一步都算数。没有不请自来的幸运，只有有备而来的惊艳。

你耗费的心血尚不足以填满垃圾桶

□王　路

周末去逛国家博物馆，刚进馆，看见一个约莫70岁的老头儿坐在明清展厅的地上抄东西，旁边还放了一根拐杖。我们从早上逛到下午闭馆，中间还去咖啡座喝了两小时茶，逛完路过明清展厅时，发现他还在抄。我忍不住好奇，凑过去看了一眼，他手里捧着一个又旧又厚的笔记本，一行行抄着每件展品的解说词。

我看时，他正抄到这一段：“《西游记》，作者吴承恩，成书于16世纪中叶，主要描写了唐僧、孙悟空、猪八戒、沙悟净师徒四人去西天取经，历经九九八十一难的故事……”抄写得很认真、很工整，但字写得一般。

我问他：“大爷，您抄这个干啥呢？”他笑呵呵地说：“小伙子，你们年轻人都不稀罕这些文化经典啦，我跟你讲，这些可都是好东西。我把它们整理出来，就是伟大的文化遗产。”“那您抄了多久了？”“三年多啦，一有空就来抄，再过几个月就抄完了。到时候拿去出版，你说价值该有多大？”我很想对他说可以先用相机拍下来，回头再慢慢整理，不过看到他专注怡然的表情，我还是忍住了，说了声“挺好的”就转身走了。

我刚要出博物馆，突然停下来，回头去展厅前售书的地方，售书员正要收摊，我拦住，问有没有介绍展品的书，她指给我，我打开发现书里每件展品都有详细介绍，还配有精美的图片，铜版纸印刷。我放下书，感到一阵怅然。我不知道是怜悯还是心疼，做过类似事情的人多着呢。

刚上初中三年级时，我一心想考出好成绩，理科不在话下，对文科却毫无把握，于是我决定把政治、历史、地理课本整个背下来，不管是大字还是小字。我以为这样就能暴力破解。我下了十倍的功夫背下来了，虽然磕磕巴巴。但期中考试时，我只考了第七名，第一名是我同桌，他从来不好好学习。更令我难堪的是，一道20分的论述题我答得和书上的原话几乎一样，只得了14分；他不会背，随便扯了几句，老师却给了19分。我当时不理解，觉得吃了亏。多年后再想，觉得吃不吃亏先不论，只论把课本上的大字小字都背下来这一点，就已经傻得可以了。

大学同学林远比我倒霉。我们班人少，大家不喜欢听课，就拜托林远把笔记做得详尽一些。他每次上课都坐在第一排，笔记抄得工工整整。期末考试前，每个同学把林远的笔记复印了一份，那份笔记还流传到了外班，成为几年来那门课最经典的笔记版本。考场上，授课老师亲自监考，他说：“你们答题要简明扼要，我不喜欢废话太多，答出要点就可以。”林远以满满的勇气第一个交卷，大概是希望得到老师的嘉许。他交卷时我才答了一半，我惊讶地望了望讲台，发现老师黑着脸。林远走出教室不久，老师打断考试的同学说：“大家答题不要太干瘪，你们平时不来上课就算了，起码考试时应该认真点儿，我会尽量让每个同学都过，但如果你自己不想过，那我也没办法。”

结果这门课的一百多名学生中只挂了一个，就是林远。

后来和林远聊起此事，他说他非常喜欢这位老师，赶在第一个交卷就是为了向老师证明他的专业课学得比别人都好，让老师记住他，但实在没想到老师竟以为他的态度有问题。他本来打算报考那位老师的研究生，但经此一事，感觉自己再无颜面报考，只好换了别人。

我准备考研时，一天在自习室，林远看见我把考试大纲上的问题和答案解析一页页往纸上抄，笔记堆了一尺高。林远摇摇头，对我说抄这些没有意义。我惊讶于他从什么时候开始变得通达了。我何尝不知道抄这些收效甚微，但我那时已是第二次考研，没有工作，已经毕业还在花家里的钱，没有理由挑三拣四，哪怕只有0.1%的可能性提高成绩也得去做。后来我考上了，但我明白，能够考上和我抄了一尺高的笔记其实没有多大联系。那些笔记如果留着，效果就是唬人，让失败的人有个理由安慰自己——看，人家抄了一尺高的笔记才考上。我想幸好我没有挂第二次，不然人家会说，你看这家伙抄了一尺高的笔记还没考上，真是笨得可以。所以，看到那个老头儿在国家博物馆展厅里奋笔疾书，我就想起了自己，曾经的我跟他是何其相似。

我考完研就把一尺高的笔记丢到楼道的垃圾桶里了，没有刻意烧掉或撕碎，因为我并不恨那些笔记，也不后悔自己花掉的时间和精力。人生中必然该有此一遭，过了丢掉就是了。

那些笔记算起来有将近一百万字吧。

站在垃圾桶旁我有点儿郁闷，不是郁闷自己大半年的心血都用来制造垃圾了，而是郁闷这些垃圾还不够把一个小小的垃圾桶填满。

不过，这又有什么值得难过的呢？明白就好了。

甄语录 对未来越有信心，对当下越有耐心。

年轻人，别让“不耐烦”毁掉你

□崔　叔

“麻烦死了”，这是很多年轻人的口头禅。

如今出行越来越方便、App越来越智能，连视频也越来越短，随之而来的，是年轻人也越来越“等不及”“嫌麻烦”。

白天没耐心吃早饭，晚上睡觉没耐心“戒手机”；上班没耐心听别人的诉求，下班没耐心去健身房锻炼。外卖超时一分钟还没到，绝对不能忍；网约车司机被堵在路上，抄起电话就催；在电影院看电影，还没等片尾字幕播完，就着急出影院……这些“等不及”“嫌麻烦”，一方面是为了高效、为了节省时间，而另一方面，是我们正在失去耐心。

说到“耐得住”，有一个人必须提，他就是今日头条创始人张一鸣。

在创办今日头条之前，张一鸣有过三段创业经历。他曾在采访中说：“当年我们创业，都是在居民楼里查资料、画原型图、敲代码，谁也不认识你。即使你的想法不错，也不能立马转化到产品里，必须忍受漫长的时光。

“现在回想，耐心非常重要。不仅是等待，还要有耐心做深入思考，最重要的是，要有耐心找到更多更好的合作伙伴。”

2013年，在今日头条创办不足一年的时候，他收到了一个来自巨头的投资offer。接受这个offer，半年内，业务增速可以快好几倍。但过早接受投资并站队，对公司并不是一件好事。

张一鸣说：“面对巨大的诱惑，我想，我在南开那么漫长的寂寞都熬过来了，就不差这半年了。既然想好了方向，就不要走捷径了，于是拒绝了这个offer。”

正是这个决策，为今日头条成长为今天这样一家独立的、平台级的公司，打下了坚实的基础。

所以，一个人的“不耐烦”实则是不够有耐心。把时间战线拉长、把眼光放远，你就不会过于在乎眼前的一城一池。当你不再患得患失、对未来足够有信心时，你离自己的人生目标会越来越近。

蔡康永有段话很出名：

15岁觉得游泳难，放弃游泳，到18岁遇到一个你喜欢的人约你去游泳，你只好说“我不会”。

18岁觉得英文难，放弃英文，28岁出现一份很棒但要会英文的工作，你只好说“我不会”。

当下你认为麻烦的事，很可能都在断送未来的一次次机会。因为很多事情、很多机遇都是麻烦出来的。

职场中，你会发现有些人不仅工作能力极强，还有很多工作之外的爱好，比如画画、练瑜伽、攀岩、创作音乐、踢球等。

但其实，这些爱好在一开始，看起来都很“麻烦”。画画要准备颜料、纸笔，练瑜伽要坚持，创作音乐要学习乐谱，大多数体育活动都得买装备，你还要“忍受”一开始水平很差的自己。

要做事，就要耐烦。所有的东西都需要时间的付出，所以不要急于讨论“我在公司有没有得到肯定，有没有给我平台、让我去到更重要的岗位”，如果你能让时间在自己身上安静地沉淀下来，你的空间和未来会更加辽阔。对未来越有信心，对当下越有耐心。只有当你“耐得住”时，才沉得住气，完成更大的挑战。

甄语录 什么是成功？能在艰难岁月里多活一天，是成功；能在苦痛伤心里多活一天，也是成功。

成功是有能力拥抱不完美

□凉月满天

弗里达·卡罗生于1907年，墨西哥画家，她画得最多的是自画像。她说：“我画自己，因为我经常是孤独的；我画自己，因为我最了解自己。”

6岁时，她得了小儿麻痹，右腿萎缩弯曲。18岁时，她遭遇了车祸，脊椎断裂，身体多处骨折，右腿11处碎裂，她整个人是靠着密密麻麻的钢钉固定起来的。医生说，弗里达这辈子都不可能再走路了。

弗里达躺在病床上，闲极无聊，就想到一边照镜子一边画自己。画着画着，她居然能走路了。后来她嫁了人，丈夫迭戈·里韦拉是墨西哥著名的壁画师。

1953年，因为肌肉坏疽，弗里达的右腿被截肢。1954年，弗里达在墨西哥举办个人画展。那天，她让人用一张大床把重病的自己抬进展厅，唱歌、喝酒，非常高兴。几个月后，弗里达去世，年仅47岁。

弗里达曾特地加高右脚的鞋跟和左脚的鞋子取齐，告诉自己“我不残疾、不瘸腿”；她把截肢后使用的假肢绑上红丝带，让它看上去漂亮点儿。她一共做过30多次手术，身体已经支离破碎，但她还是不抛弃、不放弃，让生命这朵花开得既浓艳又热烈。

什么是成功？成功就一定是鲜衣怒马、一定是一帆风顺、一定是万里晴空吗？不！能在艰难岁月里多活一天，也是成功；能在苦痛伤心里多活一天，也是成功；能在艰难岁月和苦痛伤心里直面自己、看见自己、表达自己，应该算是很大的成功。

甄语录 凡走过必有痕迹，你以为浪费的时间，一样会给你带来经历、感受和人际关系，这些都可能在你意想不到的地方帮助你。

浪费的时光未必没有价值

□静　岛

大四的时候，我第一次明确感受到，自己浪费了4年时光。当时我在一个城乡接合部的高中当了为期一个月的实习老师。要在课堂上吸引学生，除了专业能力和经验，还需要充沛的体力、丰富的情感以及较强的自信心和沟通能力，这些远远超出了我这个书呆子、社交恐惧症患者的能力范围。我非常清楚：我不适合这份工作。

这不是我想要的生活。然而，我不得不承认，是我自己浪费的时间让我遭遇了这样的局面。

如果人生可以重来一次，我想回到大一。那时我刚考进中文系，对文字敏感，对阅读和写作着迷。那年冬天，我去上海戏剧学院找读电视编导系的高中校花，跟她和她的同学玩了两天。他们聊到我没有听说过的艺术家和理论，聊到让当时的我觉得匪夷所思的生活可能，聊到或青涩或宏大的梦想。这些聊天让我忽然意识到，世界上原来有这样的专业，让人这样活着。我想创造一个又一个不仅仅停留在纸面上，还能转化成影像被人观看的世界，这才是我真正想做的事情。

我应该做的是退学，重新参加高考，争取重来一回的可能性，但纠结了一个星期后我放弃了，我实在是太害怕失败了。于是几年后，我去做了实习老师。

我带的这个班，按照历年的数据推算，顶多1/4的学生能考进普通院校。我想这些十七八岁的学生，或许几年后就会和22岁的我一样，发现前途渺茫，感受绵长而绝望的现实。

实习快结束的时候，我请学生写下他们的梦想。他们的答案极其丰富：数学家、宇航员、流行歌手、演员、画家……要做画家的学生，在纸条上写道：我要考进中央美术学院，第一年考不进，就考第二年、第三年。经历过中考，绝非胜利者的他们，面对未来原来有着这样充满元气的斗志。

是他们的答案，让我从沮丧中走了出来。人生的可能性的确远非此时此地而已，我才22岁，一切都还来得及。

我坚持阅读、写作、听讲座，参加编剧比赛。花了很长时间，我做到了，写了一些被读者认可的小说，出了书，卖出若干影视改编权，担任了几部电视剧、网剧的编剧。写出来不过区区几十个字，做的时候却经历了不少坎坷。像我这样半路出家、缺乏专业训练的人，在担任编剧时尤其战战兢兢，别人在大学阶段就已经解决的很多技巧性问题，我是在实践中以最笨的方式慢慢摸索出来的。

如果我上大一的时候就退学去重新参加高考，考编剧专业，是不是会走得更顺利？很难说。本科阶段阅读的大量经典、做过的文学评论训练，让我的剧本写作坚持了从文学出发的原则，这正是我和有些编剧的不同所在。而工作经历也拓展了我的写作范围，在写到校园生活时，我可以很轻易地调动起担任老师的那段回忆。

生活中有太多无法一望便知因果关系的事情，每个人都会浪费时光。让每分每秒都有价值，原本就是不切实际的奢望，就算是机器人也需要充电和升级系统。在人生的旅程中，如果有敏锐的判断力和高效的执行力，并且能做到两点之间直线最短，当然是好事。但是旁逸斜出的那些岔路，曾经让你迷惘的迷宫，未必没有价值。凡走过必有痕迹，你以为浪费的时间，一样会给你带来经历、感受和人际关系，这些都可能在你意想不到的地方帮助你。

你需要做的，是尽早明白自己究竟想要什么，能够为之付出什么。不是每个人都必须取得可以被量化的成功，但如果你想要的生活需要付出持久的努力，那就要对曾经浪费的时光保持羞耻感，允许自己偶尔软弱，但永远都要记得站起来重新开始。

面对已经无法改变的过去，找找里面有没有什么可以帮助你的，在此基础上，认真去做点什么，去留下点什么；如果没有，叹口气，承认自己浪费了这段时光，告别它们，与自己和解，这是你能给自己的最好的礼物。

甄语录 任何时候，乞求别人的赞赏，都不如好好地把握自己，因为别人的大拇指永远长在别人的手上。

美术课的人生启示

□黄小平

美术课上，老师在黑板上画了一只手，手握成拳状，一根大拇指高高竖起。“这代表什么？”老师指着那只画在黑板上的手问。

“称赞别人。”学生们齐声回答。

然后老师沿着那只手继续画下去，画出了一个人。原来，画上的人竖起大拇指，并不是在赞美别人，而是用另一只手在一张画纸上描摹自己那根竖起的大拇指。

画毕，老师说，他画这幅画，就是要告诉学生：任何时候，都不要匆匆下结论；任何时候，都不要片面地看问题，而要看到事物的全貌；任何时候，乞求别人的赞赏，都不如好好地把握自己，因为别人的大拇指永远长在别人的手上。

甄语录 集思广益，其功不必自立。

24小时完成的畅销书

□张珠容

有一天，美国作家马克突发奇想，对他的同事们说："平时我们都是各自创作作品，现在能不能大家合作撰写一本书？"

一旁的路易斯连连摆手："那怎么可能？我们每个人的想法不同，要真想一起创作，恐怕得先打上一架，选出赢家，然后其他人跟着赢家的思路配合创作。"

马克说："正因为我们的想法不同，一起创作才更有趣味。"另几名作家纷纷附和，其中一个说："马克的话在理。虽说一起创作有局限，但我们完全可以打破这种局限。比如，我们可以根据想象，向读者提出一些新颖有趣的、想象力丰富的问题。"

马克一拍大腿："我们可以将平时想写却没写成的创作题目以问题的方式写出来，然后组成一本书籍。"

这个想法得到了大家的认可。马克数了一下，包括他，在场共有56个人。他当即宣布："既然决定合作，那我们就各自放下手中的活儿，全身心投入新书之中。"就这样，56名作家各自埋头苦干起来。

几个小时过去了，马克开始搜集大家的写作题目。他发现，每个人都写了几十条，有的人甚至写出了一百多条。接下来的几个小时，他们坐在一起进行头脑风暴，筛选出他们认为比较精致的写作题目。最终，他们选出了642条。

有人问："书名该怎么起？"马克说："既然是642个写作题目，就给书起名《642件可写的事》吧。"大家表示赞成。接着，他们又迅速投入校对、排版、内页设计、印刷等工作。通过56名职业作家24小时的共同努力，这本《642件可写的事》成功出版了。

与其说它是一本书，还不如说它是一本练习册呢。书上的每一页都只有一两行题目，其余都是空格。马克说："大量留白更能激发读者的想象力。"

《642件可写的事》的最大特色，当然还是书中那一个个有趣的写作题目。这本书就像一座纸上梦工厂，让阅读的人光看一个题目就能沉浸到天马行空的想象中。比如这些：

"你是宇航员，请描述你完美的一天。"

"昨天的幸运饼干。它让一切都乱了套。"

"你住在云层中。给出三个不往下掉的小贴士。"

"罪犯抢劫银行时，你是被迫趴在地板

上的顾客之一。请从你的角度来描述一下抢劫案。”

“选择一段自己写得不够生动的文字，改写成一个长句。一定要让句子向外延伸，别担心长度。让文字尽情流淌吧。”

……

练习册式的留白设计、脑洞大开的写作题目，《642件可写的事》虽然简单，却富有创意，一上市就受到读者的追捧。截至目前，这本书仍长踞美国图书畅销排行榜。

我很喜欢《642件可写的事》中的一个题目：“要是用流行歌曲概括你生命的每个十年，你会选哪些歌曲？”我热爱音乐，年近不惑，却觉得四首歌曲完全不够概括我经过的四十年人生。起码得用四十首才够吧？于是，一边看着这个题目，我的脑子里一边划过一首又一首熟悉的旋律，往昔那些美好回忆便也跟着一起，浮现在眼前了。

甄语录 与人交，推其长者，违其短者，故能久也。

避开短处，就是长处

□赵盛基

李谐是东魏时期的名士，他学识渊博，口才出众，常常作为东魏的外交使臣出访南朝，其辞辩风采轰动江南，令人倾倒。

其实，李谐是有生理缺陷的。一是有些跛足；二是脖颈上长有一个肉瘤；三是有些口吃。

这就奇怪了，一个口吃之人怎么会口才出众而且善于外交辞辩呢？用他自己的话说就是“善于掩饰”。

原来，针对自己的三大缺陷，李谐极其注意掩饰，一贯坚持“二慢一仰”的做法。就是说，为了掩饰跛足，他走路徐行，使步履沉稳；为了掩饰口吃，他说话意在口先，慢条斯理，使口齿清楚，掷地有声；为了掩饰脖颈上的肉瘤，他就仰脸讲话，使肉瘤隐于衣领内。

结果，慢，练就了他不急不躁，遇事沉着的性格；仰脸，给了他抬头挺胸，胸有成竹的自信。于是，缺陷就像浮云一样，飘到了天边看不见的角落。

由于李谐善于掩饰缺陷，不仅可以正常生活，而且可以担当国家使节这样的重任，使之在社交场合游刃有余。

有信心避开短处，或者利用好自己的短处，何尝不是另一种长处。

甄语录 子曰："君子喻于义，小人喻于利。"

欲为大树耻与草争

□陈鲁民

作家杨绛曾借翻译英国诗人兰德那首著名的诗，写下自己无声的心语："我和谁都不争，和谁争我都不屑。"杨绛虽似柔弱女子，实为参天大树，她一辈子不与人争，不是她不会争，也不是她争不过，而是她根本就不屑于去争。因而，遇有纷争，她一笑了之，默默地把根往深处扎，静静地把枝条向高空长，不知不觉间自己就长成了巨树。故想起一句话："欲为大树，耻与草争。"颇具哲理。

《史记·淮阴侯列传》里讲，汉初韩信无端由楚王降封为淮阴侯，心颇不平。一次，他顺便去看望樊哙，樊哙跪拜送迎，十分恭敬。出来后，韩信苦笑："没想到我居然要与樊哙之流为伍。"后来就成了一个成语叫"耻与哙伍"。

在韩信眼里，自己就是大树，枝繁叶茂，根深干粗，率百万大军南征北战，立下不世之功，而樊哙们不过是树下的小草而已，韩信耻于与其为伍。这个成语后来引申为不愿与粗鄙庸碌之人为伍。

东汉著名的"大树将军"冯异，在刘秀统一天下的过程中，任征西大将军，在平定关中的过程中屡立战功。但他为人厚重高义，谦恭内敛，每当行军休息时，那些将领就在一起争功，总是争得面红耳赤，冯异引以为耻，经常独自退避到树下，以求耳不闻为净。

唐代边塞诗人岑参，是个很有个性的人，他才华横溢，清高孤傲，一向看不起那些争名于朝争利于市的庸人，既不愿与他们为伍，更不屑与他们争来争去。于是两度出塞，久佐戎幕，在边疆建功立业并以诗明志，在《优钵罗花歌（并序）》中写道："耻与众草之为伍，何亭亭而独芳！何不为人之所赏兮，深山穷谷委严霜？"他是以物喻人写自己啊。这些都是堪称大树级的人物，均为翘楚。耻与草争，不是说他们已看破红尘，全无功利之心，更不是说他们只会逆来顺受，不会回击外来的挑衅与纷争。而是因为其有更高的志向，对自己有更大的期许，瞄准的是更远的目标，因而绝不会把时间与精力浪费在与一些宵小的无谓争执上，不会让一些鸡毛蒜皮的事影响自己前行的步伐。

当然，他们也要去争，但那是大树之争，是棋逢对手、将遇良才之争，是刘邦与项羽的楚汉之争，是左宗棠与李鸿章的海防陆防之争，是玻尔与爱因斯坦的量子纠缠之争……他们选的是同自己一个量级的对手，决不与无名之辈纠缠。所谓大树之争，看似默默无闻，其实在暗地里蓄养生机，悄悄地培植元气，他们轻易不出手，一出手必不同凡响。不像小草之争，一阵风吹来，便摇头晃脑，得意忘形；有点儿雨水，就急速膨胀，争夸颜色。正因此，世界上有老树、古树、巨树，而没有老草、古草、巨草；涝上十天半月，大树不动声色；旱上一年半载，大树依然如故，那些草草花花怕是早已难觅踪影。

因而，有大志向、大才情之人，既然以大树自诩，有栋梁之期，就不要与那些庸俗之人一般见识，就不必与那些宵小之徒争吵。遇到他们“谤我、欺我、辱我、笑我、怪我、贱我”，不妨想想拾得和尚的话：“只是忍他、由他、让他、避他、耐他、净他、不理他，再过几年，你再看他！”

甄语录 遭遇不幸并不意味着生活就到了末日，只要乐观顽强，依然有继续幸福生活的能力。

盲　鱼

□晓　月

我家养着一群不同颜色的锦鲤，数月前鱼缸中竟然爆发了一场“战争”。

当时，我从水族馆买来四尾不同颜色的锦鲤放进鱼缸。很快我就发现，这几尾新来的锦鲤开始欺负老锦鲤，特别是那尾个头较大的红锦鲤，不仅老是追赶噬咬老锦鲤，而且不让老锦鲤吃食，弄得整个鱼缸如战场般“火药味”甚浓。

这场“战争”历经数日才渐渐平息，新老锦鲤开始和平共处。一尾瘦小些的老红锦鲤被啄瞎了眼睛，成了盲鱼，不过，它却奇迹般地活下来了，倒是那尾最凶悍的新红锦鲤几天后因为抢食过多，消化不良而死。

一下子死伤两尾鱼，损失不小。当时，我觉得盲鱼很难再活下去，准备将它处理掉，但它敏捷地东躲西藏，坚决不肯落入我的网袋。我只好收手，看它还能活几天。

几个月过去了，盲鱼竟然还活着，而且越活越自在，越活越有精神。

我经过一段时间的仔细观察，发现它找食的方法很特殊。当我将鱼食投入鱼缸，健康鱼目标明确，蜂拥而上，张嘴吞食。盲鱼看不见食物在哪儿，只好张大嘴巴，像拉网一般满鱼缸搜索，它总能找到漂浮在角落的同伴们吃剩的食物。我只要看到它单独找食，就会将颗粒状的食物投到它张开的嘴里，给它开个小灶。吃饱了，盲鱼就跟健康时一样，与其他同伴一同游来游去，还能上浮下沉，而且不会与同伴相撞。看上去，盲鱼仍然可爱，能吃饭能运动，加上主人始终保持鱼缸的清洁，这大概就是它能活下来的原因。

其实，不论动物、植物，还是人，都有可能遭遇意外而不幸残疾，但遭遇不幸并不意味着就到了末日，只要乐观顽强，依然有继续幸福生活的能力。

甄语录 与其焦虑，不如学门手艺。

课程表以外的课

□程　玮

有一年家里装修，我负责在家为两个装修工人煮咖啡、打电话叫外卖什么的。这两个德国人对我彬彬有礼，但我知道他们心里是看不起女人的，尤其是一个外国女人。我提了很多装修意见，他们左耳朵进右耳朵出。可同样的话从男主人的嘴里讲出来，他们就会不折不扣地去执行。

一天下午，他们坐在厨房里休息喝咖啡，果同学拿着数学作业本走进来，问我一个三角函数的问题。我三言两语解释了一下，他就回自己房间去了。这时候，我发现这两个工人用很崇敬的目光看着我。其中一个工人问："您还会这个？"我心里想，我会的东西太多了，说出来怕吓着你们，嘴上却轻描淡写地说："是啊，小菜一碟啦。"从此我说的话对他们来说就成了最高指令。

人在初中、高中阶段，精力旺盛，思维活跃，什么都想做，什么都想试，唯独不想坐在教室里上枯燥的课。德国的学校这些年来一直在尝试，希望让这个年龄段的学生学一些课程表以外的本领。

回想起果同学在这个年龄段，他们的学校组织过几次特别的活动。一次是夏天划船。把孩子们带到一个湖边，让他们住帐篷，自己做饭，一共10天的时间。我纳闷划船怎么要学10天，果同学说，不是公园里的那种游艇，而是真正参加奥运会的划艇，很难学，弄不好就掉到湖里了。我纳闷：奥运会需要这么多划艇选手吗？还有一次是冬天滑雪。把孩子们拉到阿尔卑斯山上，让他们住在木头房子里，没有暖气，没有热水，每天练习滑雪，也是10天的时间。有些家长在家长会上开玩笑说："我们的孩子除了射击还没学，特工'007'会的本事应该都已经学全了吧？"

几年以后的冬天，我坐在瑞典滑雪场的咖啡座里，看着果同学一次次从高远的山坡上滑下来，飞速地把一群人甩在后面，当妈妈的很自豪地想：我们就是不参加奥运会，不当特工"007"，以后能在女朋友面前露一手也值。

各个学校都有自己的高招。波茨坦有一个学校，每个月安排学生出去当一个星期的建筑工，让他们去改建一个度假村——清理垃圾，搬运建材，伐木锯木，还学习画图纸。看着废墟一样的房子在自己的手底下渐渐被翻新，这些学生的兴趣一天比一天浓。他们觉得与其坐在教室里学那些今后可能很少用得上的课程，还不如实实在在地学一点手艺。

汉堡有一所中学，把不想坐在教室里上课的学生组织起来，让他们用3个星期的时间，步行200公里，翻越阿尔卑斯山。一路上风餐露宿，历经艰险。有时候一天步行10个小时，有时候一天吃不上一顿热饭。活动结束以后，学校发给每个参加活动的学生一张征求意见表。第一项是：你愿不愿意再次参加这样的活动？回答是一致的：愿意。第二项是：你通过这次活动学到了什么？回答也是一致的：吃苦、独立、团结。有一个学生说，现在每当遇到困难时，他都会对自己说："连阿尔卑斯山都翻过去了，还有什么过不去的？"

甄语录 不要简单的忙碌，要专注。

甩

□叶永烈

每当我从全自动洗衣机中取出甩干的衣服时，常使我想及人生。干衣筒只有在高速旋转时，才会把水分甩得干干净净。人生也是如此。

当你把整个身心扑在事业上，你就高速旋转起来，把各种杂念全都甩得一干二净。我无法查证汉字中的"閒"字是不是那位黄帝的史官仓颉所创。不过，这个"閒"字确属构思巧妙：门里望月，焉能不"闲"？

宋朝诗人晏殊诗云："乍雨乍晴花自落，闲愁闲闷日偏长。"这诗味，简直跟李清照"守着窗儿，独自怎生得黑"半斤八两！

闲人愁日长，志士嫌夜短，忙人无闲情。快节奏的生活，高效率的工作，甩掉了长吁短叹，甩掉了聊天磨牙，甩掉了无事生非，也甩掉了无病呻吟。

人生匆匆，不过白驹过隙。只要无限发光，一瞬流星也会留下一道光芒。

法国物理学家皮埃尔·居里曾说道："当我像嗡嗡作响的陀螺一样高速旋转时，就自然排除了外界的干扰。"我想，他的话又从另一个角度道明了这一人生哲理。

甄语录 走弯路是自然界的一种常态，走直路而是一种非常态。

两只信鸽

□黄瑞云

一个信鸽爱好者驯养了两只很好的鸽子，这两只鸽子多次准确无误地飞回目的地。但驯鸽者发现，它们总是有先有后，有时这只先回，有时那只先到。他想：虽然两只鸽子都能飞回目的地，但它们在路上还是因为认错路而多飞了路程。之所以有时这只先到，有时那只先回，肯定是有时那只飞了弯路，有时这只错了目标，不然一定是同时到达的。他又想：如果两只靠在一起，共同辨认方向和目标，那一定能更加迅速、更加准确地到达目的地了。

他把这一设想付诸实践：用一根两米长的绳子把两只鸽子并联起来，然后放它们飞行。

两只鸽子不能持续不变地保持同一距离同一速度飞行，绳子使它们相互牵制，很快便从空中摔了下来，它们越想尽快飞起来，就越是牵制得紧，经过几番剧烈的挣扎，结果死在半路的荒野里。

只要方向和目标一致，让鸽子们自由地飞行是能够到达目的地的，即使走点弯路也无妨碍。取消这一点自由，它们就只能死在路上了。

甄语录 人之所以变得慌张和焦虑，说到底一是怕时间不够，二是怕落后于人。

焦虑感

□牧徐徐

两种情况最易使人产生焦虑感：倒计时和攀比。

你正在做一项工作，如果没有时间限制，你会很轻松。一旦给出完成的期限，你就会有焦虑感，而且越接近那个期限，焦虑感越强，因为你会在心里给自己一个倒计时。越难做的工作，越容易让人在倒计时里产生焦虑，怕期限到了交不了差。

一个人本来活得好好的，但突然发现身边人都比自己厉害：家庭、事业、财富、名望，都比自己强。他还会跟以往一样淡定吗？应该不太会，至少心里会有些慌，多多少少会焦虑。这是攀比心理在作怪。

人之所以变得慌张和焦虑，说到底一是怕时间不够，二是怕落后于人。如何解决这两个问题，值得深思。